AF438782

LE COMTE DESSEX.

TRAGEDIE.

A LYON,

Chez CLAVDE LA RIVIER,
ruë Merciere à la Science.

M. DC. LIV.

AVEC PERMISSION.

A MADAME

MADAME LA PRINCESSE

DE GVIMENE.

MADAME,

I'offre vne excellente Reyne à vne excellente Princesse, & quoy que sa memoire soit en quelque horreur parmy nous, elle est en telle veneration parmy beaucoup d'autres, qu'elle passe dans leur esprit pour la plus grande Princesse qui fut iamais. Ie n'ay pas entrepris de la loüer deuant vous, de qui la vertu efface tout ce qu'elle eut de bon, & deteste ce qu'elle eut de mauuais. Et ie veux encore moins iustifier des actions que ses raisons d'Estat peuuent rendre excusables dans les esprits d'Herode & de Tibere. Mais ie diray seulement que si le Ciel eust adjousté à ses bonnes qualitez vne partie des vostres, il en eut fait son chef-

 d'œuure,

4

d'œuure , & que s'il l'eut pourueuë des
beautez de l'ame & du corps que vous pof-
fedez auec tant d'auantage ; Noftre Comte
n'eut pas efté ingrat aux preuues qu'il auoit
receuës de fon amitié. Auffi l'emportez-vous
fur elle en tant de façons qu'il eft impoffible
que fes Partifans vous le contestent , auec
quelque apparence de raifon : Sa naiffance
eut des taches, & la voftre n'a que des marques tres-illuftres , & fi fa fortune qui la fit
regner fur quelques Ifles , ne vous a point
donné les Couronnes que ceux de voftre
Maifon ont portées , le merite vous a acquis
vn Empire fi beau & fi abfolu fur toutes les
ames, que les plus rebelles ne feront iamais
aucun effort pour s'en affranchir. En cela,
MADAME, ie parle veritablement fans flat-
terie , & i'ay trouué les fentimens de toutes
les perfonnes que i'ay pratiquées fi confor-
mes aux miens , que ce feroit vne iniuftice
de les taire, & vn crime de vous ofter ce qui
vous eft fi legitimement deu , par vn aveu
general : Le rang que vous tenez, & la gra-
uité que voftre naiffance femble exiger de
vous , ne vous ont iamais difpensée des
hommages qu'on doit à la vertu , vous
auez témoigné la voftre par l'eftime que
vous auez faite de celle des autres , &
tou

tous ceux en qui vous en auez reconnu, ont ressenty les effets de vostre bonté, & de cette simpathie. Bien que ie ne sois pas de ce nombre, & que ie n'en aye iamais senty en moy que par cette forte inclination qui me fit adorer la vostre, ie n'ay pas laissé de participer à la fortune des autres, & i'ay trouué de veritables recompenses dans ma propre satisfaction, & dans l'auantage que i'ay d'auoir eu les sentimens de toutes les personnes de merite: Ce n'est pas que ie me deffende de beaucoup d'autres obligations que ie vous ay ; Ce fut à vos pieds que ie trouuay mon premier azile, & vous eustes la bonté d'appuyer les commencemens d'vn ieune Cadet sortant des Gardes encore chancelant, & foible de sa famine d'Alemagne, vous luy donnastes vn courage qu'il n'auoit point receu de son naturel, & le fistes enhardir à des choses, ausquelles s'il a mal reüssi, à tout le moins a-il la gloire de vous auoir donné des marques de son obeyssance, permettez-moy de vous dire que c'est tout le fruict que i'en ay receuilly, & qu'hormis l'honneur que i'ay de vous plaire, cét amusement m'a esté nuisible en toutes façons, ie suis tombé dans le malheur du siecle ; & dans l'esprit mesme de ceux

qui

qui difpenfent les bonnes & mauuaifes for-
tunes, i'ay peut-eftre paffé pour incapable
des chofes ordinaires, parce que i'eftois ca-
pable de quelque chofe d'extraordinaire
à ceux de ma profeffion. Ie ne me pleins
pas toutefois d'auoir fuiuy les mouuemens
que vous me donnaftes, bien que i'ay femé
dans vne terre ingrate, ie fuis trop fatisfait
de vous auoir diuertie quelques heures, &
d'auoir trouué l'occafion de vous affeurer
icy auec quel zele ie feray toute ma vie,

MADAME,

Voftre tres-humble, tres-obeyffant,
& tres-fidele feruiteur,

LA CALPRENEDE,

A V

AV LECTEVR.

ECTEVR, ie ne pretens point vous donner bonne opinion de cêt ouurage. I'espere si peu de gloire de ceux de cette nature, que ie ne craindray point de vous dire, que le iugement que vous en ferez m'est indifferent, & qu'hormis vostre satisfaction qui m'est chere, ie n'en veux point tirer d'vn amusement, que l'erreur du siecle rend presque honteux à ceux de ma profession. Ie ne combatray point icy l'aueuglement de ceux qui sont dans cette opinion, & ie seray encore moins le fanfaron, estant d'vn pays qu'on soupçonne assez de ce vice : mais ie vous rediray franchement, que si ie dois esperer quelque honneur dans le monde, ie le dois veritablement tirer d'ailleurs. Ie n'ay iamais desiré que mon nom fut connu, & si i'ay souffert qu'on l'ait mis au bas de mon Epistre, c'est parce qu'il auoit esté desia veu dans des ouurages encore pires, & qui ont esté imprimez en mon absence & à mon deceu. Tous mes plus particuliers amis, & ceux qui ont trouué mon foible, ne m'ont iamais sceu picquer que par ce reproche : Ce n'est pas que beaucoup d'honnestes gens ne s'y employent, & que

A 4

l'exemple

l'exemple de plusieurs personnes de condition & de
merite, ne puisse authoriser ce diuertissement : mais
enfin le nombre des ignorans preuaut à celuy des
habiles gens, & nous deuons souffrir ce petit dé-
plaisir du malheur & de la corruption du siecle.
Si vous trouuez quelque chose dans cette Tragedie que vous n'ayez point leu dans les Historiens
Anglois, croyez que ie ne l'ay point inuenté, & que
ie n'ay rien escrit que sur de bonnes memoires que
i'en auois receuës de personnes de condition, & qui
ont peut-estre part à l'Histoire. Pardonnez les fau-
tes de l'Impression comme celles d'vne miserable
Ieanne d'Angleterre que i'ay faite d'autres fois, où
il y en a sans mentir autant que de mots, c'est vne
Tragedie que i'auois cherement aymée, mais par
malheur elle fut ioüée & imprimée en mon absence,
comme ie vous ay desia dit, & l'Imprimeur sur quelques legeres apparences m'a fait passer pour mort
dans son Epistre, quoy que Dieu mercy, ie ne me sois
iamais mieux porté.

IE n'empesche pour le Roy que la Tragedie intitulée le *Comte D'Essex*, ne soit imprimée par CLAVDE LA RIVIERE,
Marchand Libraire de cette Ville, auec
defences à tous autres en tel cas requises
& accoustumées. FAIT à Lyon, ce 29. No-
uembre 1653.

VIDAVD.

SOit fait suiuant les Conclusions du Pro-
cureur du Roy, ce dix-neusiéme No-
uembre 1653.

SEVE.

A 5 LES

LES ACTEVRS.

ELIZABETH,

LE COMTE DESSEX.

LE COMTE DE SOVBTANTONNE.

LE COMTE DE SALISBERY.

CECILE, Secretaire d'Eftat.

RALEIG, Seigneur Anglois.

POPHAM, Chancelier d'Angleterre.

Madame CECILE, femme de Cecile.

ALIX,
LEONORE, }Damoifelles d'Elizabeth.

Vn Capitaine des Gardes.

Vn Huiſſier du Cabinet.

La Scene eſt à Londres.

LE

LE COMTE DESSEX.

TRAGEDIE.

ACTE PREMIER.

SCENE PREMIERE.

ELIZABETH, LE COMTE DESSEX.

ELIZABETH dans son cabinet.

DONC apres tant de biens ton ame déloyale
Abuse laschement d'vne bonté Royale,
Et ce degré superbe où ma faueur t'a mis
Te rend le plus cruel de tous mes ennemis.
N'ay-ie auec vn sujet partagé ma puissance
Ne l'ay-ie releué par dessus sa naissance,
N'ay-ie soulé son cœur de gloire & de grandeurs,
Et ne l'ay-ie honoré de mes propres faueurs,
Pour aymer vn ingrat ne me suis-ie haye,
Que pour me voir de luy si laschement trahie,
Et tout ce que i'ay fait n'a pas eu le pouuoir

De

De tenir vn vassal dans son premier deuoir.
Tu paslis déloyal, & le remords imprime,
Sur ton coupable front les marques de ton crime,
Mais tu feins cette crainte & ma rare bonté
Contre vn iuste courroux te met en seureté.
A ma confusion tu connois ma foiblesse
Que le coup qui te touche, est celuy qui me blesse.
Que le mal qu'on te fait, reiallit contre moy,
Et que, voulant punir ton manquement de foy.
Mon ardante amitié ne me le pût permettre,
Puis que ie t'ayme encor tout perfide & tout traistre,
Cette raison me force à plus que ie ne dois
Puis que te soûmettant à la rigueur des loix.
On ne prononceroit contre ta felonnie.
Que le sanglant arrest dont ie serois punie
Pour l'exemple public & pour ton attentat
Ta teste estoit bien deuë aux maximes d'estat
Mais pour la retirer de ce peril extreme
Et pour t'en garantir ie m'y plonge moy-mesme.
C'est en quoy mon destin est le plus malheureux,
De nourrir dans mon ame vn feu si dangereux.
Vn puissant ennemy dont mon ame abbatuë
Esleue dans son sein le serpent qui la tuë
Regarde déloyal ce que ie fay pour toy.
Et si cette bonté te fait manquer de foy,
Si l'espoir du pardon te la fait entreprendre,
Cette mesme bonté te permet d'y pretendre
Confesse maintenant dedans ce cabinet.
D'où personne ne peut esuenter ton secret,
Deuant moy seulement & cette confidente.
Quel estoit ton dessein qu'elle estoit ton attente,
Quel espoir de grandeurs te pouuoit ébloüir,
Enfin quelle raison t'oblige à me trahir,

Ouy

Ouy, ouy, confesse tout & iamais n'apprehende,
Bien que ta trahison fust si noire & si grande
Qu'elle t'eust fait resoudre à me priuer du iour,
Que ta confession altere mon amour,
Que sortant de mon ame ainsi que de la tienne
Apres ton repentir iamais ie m'en souuienne,
Et qu'il me reste plus ny penser ny discours
Pour te le reprocher du reste de mes iours.

LE C. DESSEX.

Quelque confusion où ce discours me plonge
N'en donnez point la cause au remors qui me ronge,
Ouy quelque estonnement a saisi mes esprits.
Et ce coup impreueu m'a sans doute surpris.
Mon visage est changé ie le connois Madame,
Mais il exprime mal les mouuemens de l'ame,
Et c'est vn faux miroir s'il ne s'explique mieux
Que par ce changement qui paroist à vos yeux;
Grace à Dieu iusqu'icy mes actions passées,
Doiuent auoir desia de vostre ame effacées,
Cette legere crainte & ces impressions
Que l'on vous veut donner de mes intentions,
Et s'il faut maintenant que ie me iustifie
Ce qu'on a remarqué dans le cours de ma vie,
Le merite & l'esclat des seruices passez
Deuant tout l'vniuers me iustifie assez.
I'ay marché trop auant dans le champ de la gloire
Pour me deshonnorer d'vne tache si noire,
Et vous vous faites tort d'accuser sans raison
Vn homme comme moy de quelque trahison,
Ouy, ce sanglant reproche indignement outrage
Quelque Vassal qu'il soit vn homme de courage,
Et ie n'eusse pas creu que le lasche rapport
De ceux qui pour me perdre ont bandé ce ressort,

Et

Et qui tremblent par tout au bruit de mon espée
Par cette calomnie eut vostre ame trompée,
Si ie me puis flater de quelque vanité
Contes ie meritois que vostre Majesté,
Defendît la parole à ces ames timides
Qui n'ont pour se venger que des trames perfides,
Que la rage & l'enuie ont armez contre moy.
Qui n'ont iamais donné de preuue de leur foy,
Inutiles en paix, inutiles en guerre,
La honte & le mespris de toute l'Angleterre,
Que la fortune aueugle a releuez de rien,
Bref qui vous seruent mal comme ie vous sers bien.

ELIZABETH.

Dieu, puis-ie retenir vn courroux legitime
Et puisque cét ingrat persiste dans son crime,
Puis-ie souffrir encor vn si sensible affront
Sans le faire esclater, sur ce coupable front ?
Traistre n'irrite plus vne Reyne irritée,
Dans les extremitez où tu la vois portée,
Non, non, n'abuse plus de sa facilité
Et dans ton repentir cherche ta seureté.
Croy que c'est vainement que son amour te flatte,
Que son bras est armé contre vne teste ingrate,
Et quoy que sa bonté la fasse balancer
Qu'elle a la foudre en main toute preste à lancer,
Croy que ta trahison n'est que trop auerée,
Et qu'à mon grand regret i'en suis trop asseurée,
Que tu la veux cacher par d'inutiles soins,
Et que tu ne sçaurois confondre mes témoins.

LE C. DESSEX.

Vos témoins.

ELIZABETH.

Ouy perfide, & tu les dois connoistre.

LE

Que vostre Majesté les faces donc paroistre.
ELISABETH.
Voy cette lettre escrite au Comte de Tirron
Desauoüras-tu point ces armes, ou ce nom?
Penses-tu que ta main me soit assez connuë?
Où la deguises-tu pour abuser ma veuë,
Voy ce que tu tramois dans ce noir attentat
Et contre ma personne & contre mon estat,
Comme auec l'Irlandois tu partages ma terre
Et comme entre ses mains tu remets l'Angleterre,
Crois-tu que tes desseins soient assez descouuerts
Iuge à qui ie me fie, & de qui ie me sers.
LE C. DESSEX.
Iuste Dieu se peut-il qu'vne Princesse endure
Vne si detestable, & si lasche imposture,
Et que pour recompense à ma fidelité
Ie reçoiue ce prix de vostre Majesté.
Doncques cette importante & fameuse victoire
Qui d'vn Sceptre panchant a releué la gloire,
Qui du sang Espagnol a fait rougir les eaux
Et de tant de butin enrichy vos vaisseaux,
La prise de Calix au milieu d'vn naufrage
Mille preuues encor de zele & de courage,
Ma ieunesse & mon sang que i'employay pour vous
Ne me deuoient promettre vn traittement plus doux.
Donc pour fauoriser des malices adroittes
On me met en auant des lettres contrefaites,
On employe à ma perte & mon sceau & mon seing,
Et vous-mesme appuyez ce damnable dessein,
Ce procedé m'estonne, & cette ingratitude
Afflige mon esprit d'vne peine plus rude,
Que si pour m'enleuer ie voyois mille morts

                                      Mais

Mais ie suis grace à Dieu libre de tout remors,
J'ay bien vefcu Madame, & fi i'ay quelque honte
C'eſt d'auoir trop ſeruy.

Il dechi-
re la let-
tre.

ELIZABETH.

Bien, bien Monfieur lē Comte:
J'ay failly contre l'ordre, & les formalitez
Mais on vous traittera comme vous meritez,
Vous pouuez à loifir prouuer voſtre innocencé
La loy vous en accorde vne entiere puiſſance,
Allez y trauailler, & mettez-y du ſoin
N'oubliez rien pour vous, tout vous fera befoin,
Innocent, ou coupable on vous rendra iuſtice.
Mais n'attendez de moy ny grace, ny ſupplice,
Ie ſeray iuſte, & neutre, & les Barons Anglois,
Traitteront voſtre affaire à la rigueur des loix.
Adieu retirez-vous.

SCENE II.

ELIZABETH, ALIX.

ELIZABETH.

A H ma fille:

ALIX.

Ah Madamē.

ELIZABETH.

Souſtenez ce corps foible & preſt à rendre l'ame
Mon cœur eſt ſi preſſé de rage & de douleur,
Qu'il ſuccombe ſans doute à ce dernier malheur,
Mais il faut qu'il periſſe & que tu te hazardes.
Le traiſtre a diſparu, Capitaine des gardes.
Hola.

SCEN

SCENE III.

LE CAPITAINE des Gardes, ELIZABETH, ALIX.

LE CAP. des Gardes.

QVe vous plaiſt-il Madame ?

ELIZABETH.

Il faut tout de ce pas.
Mais eſcouteẕ bien l'ordre, & ne le changez pas
Autrement..

ALIX.

Iuſte Ciel quel changement eſtrange,
Que la Reyne eſt troublée ! O Dieu le teint luy change !
Et l'on reconnoiſt bien à voir ſes actions
Que ſon cœur eſt preſſé d'eſtranges paſſions

ELIZABETH.

Apres ſans deſcouurir vos deſſeins à perſonne
Qu'on aille tout d'vn temps arreſter Soubtantonne,
Que dans la groſſe Tour on l'enferme auec luy ;
Mais que tout ſon deſſein s'execute auiourd'huy.
Et leur ayant donné des priſons ſeparées
Qu'on leur donne ſur tout des gardes aſſeurées.
Là giſt voſtre fortune, ou bien voſtre malheur,
Et voſtre teſte enfin me reſpond de la leur.

SCENE IV.

ELIZABETH.

REyne au courroux du Ciel en naiſſant deſtinée !
Donne fin à tes maux Princeſſe infortunée !

B   Et

Et ne t'efforce point de prolonger le cours
Des malheurs obſtinez que pourſuiuent tes iours.
Quitte ce fol amour d'vne haute fortune
Et l'eſclat deceuant d'vne pompe importune,
Qui t'eſleue au deſſus des communes grandeurs
Mais ne t'afranchit point de tes propres malheurs.
Que te ſert qu'auiourd'huy tant de peuple reſpire
A l'ombre des Lauriers qui couurent ton Empire,
Si ton cœur ſe conſume en funeſtes regrets,
Et ſi tant de Lauriers ſont pour toy des Ciprez ?
Que te ſert cette paix que gouſte l'Angleterre
Si tu portes dans l'ame vne mortelle guerre ?
Et de quels ennemis ton bras fut-il vainqueur
Si le plus inhumain te reſte dans le cœur ?
Que tu ne peux ſauuer ſans vn peril extreme
Et que tu ne perdras qu'en te perdant toy-meſme ?
N'importe, il ſe faut perdre, & ie veux qu'auiourd'huy
Le traiſtre periſſant ie periſſe auec luy.
Que ſes iours & les miens finiſſent à meſme heure ?
Perçons pluſtoſt ce cœur où cét ingrat demeure,
Et pour punir ce laſche à qui ce traiſtre eſt cher
Perçons tous les endroits qui le peuuent cacher.
Ah ! Dieu de quel tranſport mon ame eſt agitée ?
Ah ! ma raiſon reuien, pourquoy m'as-tu quittée ?
Et pourquoy maintenant ne repreſentes-tu
A cét eſprit Royal ſa premiere vertu ?
Tu vois bien qu'il s'eſgare,& qu'vne amour plus forte
Au delà du deuoir l'entraine & le tranſporte.
Mais ſa colere eſt iuſte , & iamais vn eſprit
Auec tant de raiſon vne offence n'aigrit.
Iamais ſi viuement ame ne fut atteinte,
Et ne forma iamais vne ſi iuſte plainte,
Dans vn calme profond le repos m'eſt permis ?

Ie suis en seureté de tous mes ennemis,
Et lors que ie m'enuie en ce bonheur supreme
Qu'il ne me reste plus à craindre que moy-mesme,
Ie sens le coup mortel qui me perce le cœur
Et ie n'en puis hayr ny le coup ny l'autheur.
Vile condition de mon ame abatuë,
Qui baise encor la main de l'ingrat qui me tuë,
Et de ce lasche cœur qu'on ne peut arracher
Des honteuses prisons vn ennemy si cher.
Ciel qui m'auez donné cette grandeur fatale
Que ne me donniez-vous vne ame aussi Royale,
Vn cœur qui s'allumât pour vn plus noble objet
Au lieu de se trahir pour vn ingrat sujet,
Ou si mesme en naissant vous m'auiez condamnée
A cette deplorable & dure destinée,
Pourquoy dés le moment qu'il a pû me trahir
Ne me permites vous de le pouuoir hayr?
Et pourquoy iustement n'auiez-vous mesurée
Mon amour à sa foy d'vne mesme durée?
Que le traistre changeant, ie changeasse à mon tour
Et que sa foy mourant fit mourir mon amour.
Ah n'en murmure plus, elle est morte, elle est morte,
Sur des restes honteux la iustice l'emporte.
C'est assez balancé, le conseil en est pris;
De son ingratitude il receura le pris.
Ouy tu mourras perfide, & ie seray vangée
Non ne t'abuse plus ma flame est bien changée.
Et si tu vis ce cœur brusler d'vn feu plus doux
Tu ne le verras plus qu'embrasé de courroux,
Toute ma passion en rage conuertie
Me rendra desormais ton Iuge & ta partie,
Et mesprisant les droits qui te restoient sur moy,
Tu sçauras le pouuoir qui me reste sur toy.

B 2

SCENE

SCENE V.

LE COMTE DE SOVBTANTONNE,
LE COMTE DESSEX.
LE C. de Soubtantonne.

IE ne vous flatte point , sa menace m'estonne.

LE C. DESSEX.

Vous ne vistes iamais vne fiere Lionne
Rugir apres ses fans auec tant de fureur,
Elle m'a dans l'abord donné quelque terreur
Mais apres

LE C. de Soubtantonne.

Croyez-moy, la Reyne est tousiours Reyne,
Et vous vous abusez d'vne creance vaine,
Si vous vous figurez dans vn faiste si haut,
Que vous ne puissiez plus en redouter le saut.
La puissance des Roys ne peut estre bornée,
Leur caprice à leur gré fait nostre destinée ;
Nous sommes leur iouet , & l'inconstante main
Qui nous hausse auiourd'huy nous rabaisse demain.
Et de vouloir chocquer cette grandeur auguste
Est vn dessein fatal autant qu'il est iniuste.
Helas ! que plût à Dieu que vous eussiez suiuis
Et le meilleur exemple & le meilleur aduis,
Et qu'estant satisfait d'vne fortune haute
Vous n'eussiez point commis vne si grande faute,
Ie ne vous verrois pas dans l'extreme danger
Où vos crudelitez vous vont bien-tost plonger,
Et ne vous ferois pas vne iuste requeste
De quitter ce pays pour sauuer vostre teste.
Ie ne voy point icy de seureté pour nous.

LE

LE C. DESSEX.

I'y pourrois bien trouuer des remedes plus doux ;
Et i'ay trop de pouuoir sur l'esprit de la Reyne
Quelque irrité qu'il soit, pour redouter sa hayne.
Mais puis que ie vous crois mon plus fidel amy,
Ie ne vous diray point ma pensée à demy.
I'ay de son amitié de tres-bons témoignages,
Ou pour en mieux parler i'en ay receu des gages,
Que sans estre indiscret ie ne puis publier,
Et que sans estre ingrat ie ne puis oublier ;
C'est ce qui me rend fier & contre sa disgrace
Et contre les effets qui suiuront sa menace,
Ie connois mon pouuoir ie la sçauray punir
Et quand il me plaira le faire reuenir.

LE C. de Soubtantonne.

De quelque vanité que vostre esprit se flatte
Ie crains fort qu'à la fin sa colere n'esclatte.
Et si vous me croyez, vous le craindrez aussi,
Cét amour violent n'oste point mon soucy.
Ie crains fort qu'à la fin il ne se change en hayne,
L'apparence est fort grande, & ie connois la Reyne,
Et vous deuez iuger, vous qui connoissez mieux
Cét esprit remuant, superbe, ambitieux,
De quelque passion que son ame s'emporte
Si son ambition ne sera pas plus forte ;
Le desir de regner estouffera tousiours,
Quelques ardeurs qu'elle ayt, le soin de ses amours.
L'honneur, le droict , le sang, contre vne telle amorce
Sur ce cœur orgueilleux, n'ont iamais eu de force,
Et pour se maintenir dans cét illustre rang
Elle a foulé l'honneur, & le droict, & le sang,
Certes nous en auons des exemples funestes
Et nous voyons encor les pitoyables restes,

De ceux dont la fortune auoit fait trop d'esclat
Et qui font immolez à ses raisons d'Estat.

SCENE VI.

LE C. Soubtantonne , LE C. DESSEX.
Le Capitaine des Gardes.
LE C. de Soubtantonne.

MAis que veullent ces gens.
LE C. DESSEX.
Quel dessein vous ameine ?
LE CAPITAINE.
e vous faits prisonniers de la part de la Reyne,
Iuiuez-moy s'il vous plaist.
LE C. DESSEX.
Vous vous mocquez de nous.
LE CAPITAINE.
La Reyne a commandé qu'on se saisist de vous.
Ie ne fay que ma charge.
LE C. DESSEX.
Ah ! tu te dois mesprendre.
LE CAPITAINE.
e vous connois fort bien.
I
LE C. DESSEX.
Oses-tu l'entreprendre ?
Insolent, & sçais-tu que tu te prends à moy ?
Ah ! ne m'irrite plus, amy retire toy,
C'est me presser par trop, si tu n'es las de viure
Ne m'importune plus.
LE CAPITAINE.
Messieurs , il nous faut suiure.
I'obeys à la Reyne, & ie fay mon deuoir.

LE C. DESSEX.

Ah ! ne me presse plus, ou ie te feray voir.

LE CAPITAINE.

Monsieur, vous vous nuisez par cette resistance,
Et vous me porterez à quelque violence
Dont ie seray marry, mais vous m'y contraignez.

LE C. de Soubtantonne.

Il nous faut obeyr.

LE C. DESSEX.

   Vous regnez , vous regnez,
Superbe Elizabeth ; Mais vous serez trompée,
Tu nous prens au Palais, & seuls & sans espée.
Ouy, ouy, nous te suiurons , mais ie me souuiendray
Du bien que tu nous fais, & ie te le rendray.

ACTE II.

SCENE PREMIERE.

CECILE, LE COMTE DE SALSBVRY.
ELIZABETH.
CECILE.

ANS vn crime si grand , & de telle im-
portance
Il faut que la iustice emporte la clemence,
Et ne se piquer point d'vne lasche bonté
Qui perdroit cét Estat & vostre Majesté.
Ouy, Madame, il est vray la lascheté du Comte,
Parce qu'il est Anglois, me fait rougir de honte,
Et le zele que i'ay pour le bien de l'Estat,

Me

Me rend son ennemy depuis son attentat,
Qu'vn sujet fauory d'vne puissante Reyne
Et qui pour obtenir la grandeur souueraine,
N'auoit à souhaitter que le tiltre de Roy,
Viole indignement son honneur & sa foy.
Qu'il liure à l'ennemy sa Reyne & sa patrie
Qui ne le voyoit plus qu'auec idolatrie ;
Et qui ne receuant cét ordre que de vous
Parce que vous l'aymiez, l'adoroit à genoux,
Et que vostre bonté consulte, & delibere
Sur la punition de ce crime exemplaire.
Que vostre Majesté considere auiourd'huy
Des seruices legers qu'elle receut de luy,
Et ne regarde point que cét ingrat conspire
Et contre vostre vie, & contre vostre Empire.
Ah Ciel ! qu'est deuenu cét esprit de clarté
Cét esprit plein de flame & de viuacité ?
Cette rare prudence, & la haute pratique
De la plus grande Reyne & la plus politique
Qui iamais ait porté le diademe au front ?

ELIZABETH.

Dans le milieu du cœur i'ay receu cét affront,
Et cette trahison trop viuement me blesse,
Pour conseruer pour luy des restes de tendresse.
Ouy ie veux qu'on le traitte à la rigueur des loix,
Qu'il subisse auiourd'huy le iugement Anglois.
Et s'il est criminel, comme on luy fait paroistre,
Qu'on ne differe point la perte de ce traistre.
Qu'on n'ayt aucun esgard aux honneurs qu'il receut,
Qu'on iuge ce qu'il est, & non pas ce qu'il fut,
Et que pas vn de vous, si la pitié l'arreste,
Ne me pense obliger en espargnant sa teste.
Ie l'estimay seruant sa Reyne, & son pays,

Ie ne l'eſtime plus puis qu'il nous a trahis ;
Ses belles actions s'effacent dans ſon crime
Et ma iuſte colere efface mon eſtime.

LE C. de Salsbury.

Si le Comte Deſſex a failly , comme on dit,
Voſtre courroux eſt iuſte ; & ie ſuis interdit.
Ouy, ie croirois Madame , auoir part à l'offenſe
Si i'ouurois ſeulement la bouche en ſa deffenſe.
Mais (ſi voſtre bonté me permet ces deux mots)
Que voſtre Majeſté faſſe tout à propos,
Et que voſtre conſeil meurement delibere
Sur les difficultez d'vne importante affaire.
Que ce reſſentiment dont voſtre ame s'aigrit
Qu'aucune paſſion n'emporte voſtre eſprit,
Et ne vous faſſe point baſter des procedures
Qui demandent du temps contre les impoſtures.
Que vos Iuges ſur tout ne precipitent rien,
Et qu'en faiſant leur charge ils conſiderent bien,
Qu'en puniſſant vn crime ils n'en faſſent vn autre,
S'ils meſlent tant ſoit peu leur intereſt au voſtre,
Qu'on s'informe à loiſir (la Iuſtice y conſent)
Si le Comte eſt coupable, ou s'il eſt innocent.
Car, Madame, apres tout i'ay de la peine à croire
Que ce cœur genereux , cette ame que la gloire,
Porta dans les perils pour voſtre Majeſté
Auec tant de courage & de fidelité,
Ayt pû deshonorer d'vne action ſi laſche
Ce renom eſclatant qui n'auoit point de taſche.

ELISABETH.

Ah ! ie ne ſçay que trop ſon perfide deſſein,
Il ne peut deſmentir ſes lettres ny ſon ſeing,
Des Meſſagers ſurpris, ſes propres domeſtiques
Nous deſcouurent ſa trame & ſes noires pratiques.

Il a commis encor beaucoup d'autres excez ;
On peut sans autre preuue acheuer son procez.
Cecile cependant visitez Soubtantonne,
I'ay voulu m'asseurer aussi de sa personne,
Et dans la mesme Tour ie l'ay fait amener ;
Leur estroite amitié me l'a fait soupçonner,
Sçachant que cét ingrat n'a iamais de pratique
Ny d'important dessein qu'il ne luy communique.
Obligez, s'il se peut, ce malheureux amy
A descouurir vn mal qu'on ne sçait qu'a demy,

C E C I L E.

Quelque rusé qu'il soit, ma ruse est toute preste.

E L I Z A B E T H.

Adieu, ce nouueau soin me donne vn mal de teste
Dont l'impertunité me trouble à tout propos,
Et me force de prendre vn moment de repos.

SCENE II.

E L I Z A B E T H, C E C I L E.
E L I Z A B E T H.

TV mourras, tu mourras, monstre d'ingratitude,
Et s'il se peut trouuer vne peine assez rude
Pour punir ton esprit de sa desloyauté
Ie veux qu'apres ta mort il en soit tourmenté,
Qu'à iamais, qu'à iamais, ton ame bourelée
Souffre le repentir de ta foy violée,
Et que le Ciel vengeur ne t'accorde iamais
Que le mesme repos que i'auray desormais.
Cependant par ta mort ie seray satisfaite
Et mon ressentiment rira de ta deffaite.
Ie paroistray ta Reyne & ton Iuge à mon rang
Et ie me laueray de ton infame sang.

C'est

C'est la que i'esteindray cette honteuse flame
Et que i'effaceray ce qui reste en mon ame,
Et de ce vil obiet dont ce cœur fut charmé,
Et du ressouuenir de t'auoir trop aymé.
Ah! Cecile, ie meurs, soustenez moy, ie tombe,
A ce ressouuenir ma constance succombe,
Et quelque beau dessein que ma vengeance ait eu
Ie voy que mon esprit en vain a combatu.
Raison d'estat vengeance, adieu quittez la place,
Il faut ceder ce cœur à l'amour qui vous chasse?
Amour vous congedie & ne me permet pas
De souffrir sans me perdre vn si iuste trespas.
Quoy? ie verray sanglant sans ame & sans lumiere
Celuy qui posseda mon ame toute entiere?
Et ie verray rougir vn infame eschafaut
Du plus genereux sang? Toutefois il le faut,
Et pour ta seureté tu ne dois pas permettre
Le salut d'vn ingrat, d'vn perfide, d'vn traistre,
Qui mettra ton Estat, & ta vie en danger,
Qui met dans ton pays vn barbare estranger,
Et qui pour enuahir vne iniuste Couronne
A possible attenté sur ta propre personne.
Hé·bien que ce perfide acheue son dessein,
Qu'il me porte plûtost vn poignard dans le sein,
Ie luy tendray ce cœur, & cette gorge ouuerte,
Plûtost que consentir à l'arrest de sa perte.
Ouy, ouy, ie sauueray cét aymable ennemy,
Et si sans luy ie meurs, ië ne meurs qu'à demy.
Ie laisse encor au iour la moitié de mon ame
Et porte dans le Ciel vn esprit tout de flâme,
Libre de ce reproche & de tant de remords
Qui puniront l'ingrat de plus de mille mors.
Cecile, tu cognois mon estrange foiblesse,

Tu

Tu reconnois la cause & le trait qui me blesse,
Et dés le premier iour ie ne t'ay point caché
Le dangereux poison, dont ce cœur fut touché;
Tu rendrois mieux que moy le conte de ma vie,
Et dans mes plus grands soins tu m'as si bien seruie,
Que dans le triste estat des maux où ie me voy
Ie ne puis sans peril me seruir que de toy,
Perseuère, ma fille, à tant de bons offices,
Et croy que dans le cœur i'ay graué tes seruices.
Mais ne me quitte point dans vne extremité,
Où i'attends mon secours de ta fidelité,
Visite cét ingrat, & fay s'il t'est possible
Qu'à tant d'affection il se rende sensible,
Qu'il despoüille pour moy cét orgueil indompté
Et que sa repentance implore ma bonté,
Dy que i'oubliray tout, ouy, dy luy, quoy qu'il fasse
Qu'il sçait bien le moyen pour obtenir sa grace;
Qu'il sçait trop le pouuoir qu'il a sur mon esprit
Et que ce grand courroux dont mon ame s'aigrit
Est vn visible effet de cét amour extreme
Qui me le fait cherir à l'égal de moy-mesme;
Mais sur tout ne mets point mon honneur au hazard,
Et dissimule bien que ce soit de ma part,
Dy tousiours que la Reyne ignore ta visite,
Et que c'est vn deuoir qu'on rend à son merite.

CECILE.

Madame, se peut-il.

ELIZABETH.

Ne me replique rien

Ie commets vne faute & ie la connois bien.
Mais l'amour, ah ! tiran, du repos d'vne Reyne
Quitte, quitte la place, à cette iuste hayne.
Et ne la force point d'vn insolent pouuoir

A mespri

A mespriser son rang, sa vie & son deuoir.
Ah ! ie dispute trop ie me rends & te cede,
Puis que tu l'as voulu mon mal est sans remede,
Tu l'ordonne tiran, il te faut obeyr,
Me perdre en le sauuant, l'aimer, & me hayr,
Va ma fille, & sur tout.

MAD. CECILE.

Considerez de grace.

ELIZABETH.

Tu me tuë. Adieu.

SCENE III.

M. CECILE seule.

Que faut-il que ie fasse ?
Et pour ne point manquer à ma fidelité
Que dois-ie deuenir en cette extremité ?
Dans cette occasion que le Ciel me fait naistre
Dois-ie employer mes soins pour le salut d'vn traistre ?
Perdray-ie quelque pas ? feray-ie quelque effort
Pour sauuer vn ingrat qui me donne la mort ?
Le lasche eut des apas, le perfide eut des charmes,
Cette ame luy ceda, ce cœur rendit les armes,
Et ce dissimulé le voyant enflamer
Trompa cette innocente & feignit de l'aimer,
Tout ce qu'vne ame double eut iamais d'eloquence,
Ce traistre l'employa pour vaincre ma constance.
Amour en fut vainqueur, amour fut obey ;
Amour gagna ce cœur, & ce cœur fut trahy ;
Ouy, ouy, ie me trahis pour obliger ce lasche
Et me deshonoray d'vne eternelle tâche,

Le

Le parjure abufa de mon aueuglement ;
Et par vn deteftable & cruel changement
Il ne me laiffa rien qu'vne honte eternelle
D'auoir eu de l'amour pour vne ame infidelle.
Et tu trauailleras pour fauuer cét ingrat.
Choqueras la iuftice & les raifons d'eftat,
Et pourras bien trahir pour complaire à ta Reine
Ces iuftes chaftimens & cette iufte haine ?
Ah ! non, perds toy plûtoft, & le perds auec toy.
Mais c'eft ta Reine enfin qui t'impofe la loy,
Il luy faut obeïr ; obeïffons, n'importe,
C'eft le meilleur moyen, ma ligue en eft plus forte,
Et fi ce grand efprit n'eft desja diuerty
Ie le puis en deux mots ranger à mon party,
Mes raports feront tout, & par mes bons offices
Ie le pourray payer de tous fes artifices.
Il n'en manqua iamais, ie n'en manqueray pas ;
Il en eut pour ma honte & moy pour fon trefpas.

SCENE IV.

LE COMTE DESSEX dans fa prifon.
RALEIG.

LE C. DESSEX.

IE vous ay desja dit que ce difcours m'offence ;
Que le Royaume entier parle pour ma deffenfe ;
Que c'eft vn vafte champ à mes geftes guerriers,
Et qu'il doit pour iamais me fournir des Lauriers.
C'eft comme ie refpons à ce qu'on me propofe,
Et vous vous abufez d'en attendre autre chofe.
Non, n'attendez iamais d'vn efprit innocent

Et

Et d'vn cœur genereux vn discours indecent,
Qu'vne confession si honteuse & sibasse,
Deshonnore mon rang , mon courage & marace,
Et que i'aduoüe vn crime auecque lascheté,
A dessein d'obliger ceux qui l'ont inuenté.
Ie serois bien marry d'auoir fasché la Reine,
Qu'aucun de mes pensers eust merité sa haine ,
Et que i'eusse entrepris, contre ce que ie doy
Vne action indigne & des miens & de moy :
Entre tous ses subjets, ie suis le plus fidelle,
Faites luy ce rapport , & que ie me plains d'elle,
Ie croy que ie le puis , sans sortir du respect ,
De m'auoir fait sonder par vn homme suspect,
Que sa rare vertu rend ennemy d'vn Traistre,
Et qui n'est mon amy ny n'est digne de l'estre.

RALEIG.

Ie suis homme d'honneur.

LE C. DESSEX.

Vous parlez à propos ,
Mais vous m'obligerez me laissant en repos ,
Adieu.

RALEIG.

C'est mal traiter vn homme de ma sorte ,
Mais il faut excuser le courroux qui l'emporte,
Pardonnez vn discours qui vous fait quelque tort,
Ie vous quitte , Monsieur.

LE C. DESSEX.

Vous m'obligerez fort.
Les premiers mouuemens dont on n'est pas le maistre,
Me deuoient à l'abord armer contre ce traistre,
Et d'vn affront sanglant acheuer l'entretien
D'vn cœur plein d'artifice & d'vn homme de bien.
Ces lâches ennemis d'vn genereux courage ,

Qui

Qui contre vn innocent ont desployé leur rage.
Mais bon Dieu qui me vient encor importuner.

SCENE V.

MADAME CECILE, LE C. DESSEX.

MAD. CECILE.

Receuez le bon iour que ie vous viens donner.

LE C. DESSEX.

Ah ! Madame, c'est vous, Ciel auec quelle ioye
Receuray-ie ce bien que ta bonté m'enuoye ?
Et de quelle façon pourray-ie m'acquitter
Enuers cette beauté qui me vient visiter ?
Doncques vous me donnez cette preuue derniere,
Que vostre affection demeure encor entiere,
Et vous ne priuez point d'vn entretien si doux
Vn pauure Criminel abandonné de tous ;
Toy qui me tiens aux fers ta iustice m'oblige,
Et si tu me la rends la liberté m'afflige,
A ce prix que iamais ie ne retourne au iour,
Que prisonnier d'Estat, & prisonnier d'amour.
On arreste en ce lieu ma demeure derniere
Où l'ame auec le corps sont tousiours prisonniere,
Ie ne forceray point cette aymable prison,
Et i'auoüray tousiours que la Reyne a raison,
Que ma punition establit mes delices,
Et qu'on me paye assez de tant de bons seruices.

M. CECILE.

Ces discours obligeans recompensent assez
Et ma peine presente, & mes bienfaits passez.
Mais vostre grand courage a tort de se contraindre,

Et vous ne voyez rien qui vous oblige à feindre,
Aussi laissons à part ces discours superflus
Que ie souffrois de vous en vn temps qui n'est plus,
Et songeons dans le fort d'vne grande tempeste
A dissiper l'orage, & sauuer vostre teste.
Ie vous en viens offrir les moyens asseurez.

LE C. DESSEX.

Ie voy bien, ie voy bien, que vous perseuerez,
Et que cette amitié que vous m'auez promise
Se descouure, Madame, auec tant de franchise.
Qu'enfin ie me confesse ingrat & criminel,
Si pour vous ie ne souffre vn tourment eternel,
Et si mesme la mort efface de mon ame,
Cette obligation, & cette belle flâme,
Qui depuis si long-temps vous engage ma foy :
Mais pour vous obeïr dites ce que ie doy,
Vous auez interest à conseruer ma vie,
Puis qu'enfin elle-est vostre.

M. CECILE.

Et i'en brûle d'enuie,
Mais vous en trouuerez des moyens assez doux,
Dans cette passion que la Reine a pour vous,
Bien que ce grand courroux si hautement éclate
Que son ressentiment menace vne ame ingrate,
Vous cognoissez la sienne, & ce que vous pouuez
Rendant à son amour ce que vous luy denez,
Ne le differés pas, & si vous estes sage
Par vos soubmissions, calmez ce grand courage,
Où vous esprouuerez qu'il est tres-dangereux
D'aigrir par des mépris vn esprit amoureux,
D'en effacer l'amour pour y placer la hayne,
Et de desesperer vne Amante, vne Reine.

C   LE

LE COMTE DESSEX.

Fut-il iamais esprit surpris comme le mien ?
Certes, c'est vn discours où ie ne comprens rien ;
Mais mon ame à iamais resteroit offensée
Si vous n'auiez parlé contre vostre pensée.
Pardonne mon courroux , ma Reine , & permets moy
Qu'apres vn tel conseil ie me plaigne de toy.
Doncques pour releuer ma fortune panchante
Tu veux que ie te quitte , ame ingrate , & changeante ;
Et que ce vain éclat de pompe & de grandeur
Attire vne ame basse , & partage mon cœur.
Ah ! mon ressentiment ne peut plus se contraindre.

M. CECILE tout bas.

Tu feins, mais desloyal, croy que ie sçay bien feindre.

LE C. DESSEX.

Tu veux que ie te quitte , & que ce doux lien
Qui tousiours enchaisna ton esprit & le mien ,
Cede honteusement à de lâches maximes ;
Que l'espoir du salut authorise mes crimes ;
Et que pour t'obeir ie me laisse charmer ,
Par vn front couronné que ie ne puis aymer ?
Ah ! ne m'en parle plus , & si dans ta belle ame
Il loge encor pour moy quelque reste de flâme ,
Si tu ne veux haster le reste de mes iours
Ne m'importune plus d'vn semblable discours ,
Et ne te mesle plus des secrets de la Reine ,
Dont les commissions te donnent tant de peine ;
Que ce puissant esprit gouuerne son Estat ,
Et ne se trouble plus pour vn sujet ingrat ;
Elle doit maintenant auoir de la prudence ,
Qu'elle quitte l'amour , son aage l'en dispence :
Donne luy ce conseil , & plus iuste recoy
Pour la derniere fois , & mon cœur & ma foy.

M. CECILE

MAD. CECILE.

Retiens-toy mon courage, & ne fais point paroistre
Ce que tu recognois aux feintes de ce traistre ;
Ce conseil importun qui vous met en courroux,
Procedoit seulement du soing que i'ay de vous ;
Mais puis qu'il vous desplait, & que vostre pensée
Garde encore pour moy son amitié passée,
Ie ne vous parle plus contre mon sentiment,
Puis que cét interest me touche également.
Mais si vous ne pouuez feindre auprés de la Reine,
En fuyant son amour, n'attirés point sa haine ;
Et pour cette constance & cette passion,
Au moins tesmoignez luy de la soûmission ;
Appaisez son courroux par vostre repentance,
Demandez luy pardon, confessez vostre offence ;
Par là vostre salut vous est tout asseuré,
C'est aussi seulement ce qu'elle a desiré :
Iettez vous à ses pieds.

LE C. D'ESSEX.

Ouy ie suis prest, Madame,
Deuant sa Maiesté ie veux ouurir mon ame,
Luy rendre des deuoirs, & des soûmissions,
Implorer sa mercy par mes confessions,
Auouër à ses pieds mes actions plus noires,
Luy demander pardon de toutes mes victoires,
Luy demander pardon du sang que i'ay perdu,
Du repos eternel que ie vous ay rendu ;
De mille beaux effects, de mille bons seruices,
De cent fameux combats, & de cent cicatrices :
C'est dequoy ie suis prest à luy crier mercy,
C'est tout ce que i'ay fait, ie le confesse aussi :
Et ie ne puis nier à toute l'Angleterre,
Des crimes si connus presque à toute la terre,

Ouy, ouy, ie les commis, mais qu'on n'espere pas
Que la peur des tourmens & l'horreur du trépas,
Tirent de ma bassesse ou de ma repentance
Que des confessions dignes de ma naissance,
Que si la Reine attend auec mes ennemis,
Que i'aduouë vn forfait que ie n'ay point commis ;
Dy luy qu'elle s'abuse, & que i'offre ma teste
Aux plus sensibles coups que leur rage m'apreste,
Au reste ne perds point des discours superflus ;
C'est mon dernier dessein, & ne m'en parle plus.

M. CECILE.

Vostre obstination visiblement vous traine
Dans le chemin certain d'vne perte certaine,
Vous deuiez accorder ma requeste à mes pleurs,
Adieu cruel, ie vay regretter nos malheurs
Puis que le Ciel, Adieu.

LE C. DESSEX.

Tu t'en vas inhumaine,

De grace arreste vn peu,

M. CECILE.

Ie m'en vay chez la Reine,
Elle ignore où ie suis, ie luy rends ce deuoir
Et demain au plus tard ie viendray vous reuoir.

ACT

ACTE III.

SCENE PREMIERE.

LE COMTE DESSEX, POPHAM,
LE C. DE SOVBTANTONNE.
CECILE, RALEIG.
LE C. DESSEX deuant ſes Iuges.

BIEN que l'authorité cruelle & ſouueraine,
Et d'vn ingrat païs & d'vne Auguſte Reyne
Me contraigne auiourd'huy de receuoir la
    loy
De ceux qui s'honoroient de l'apprendre de moy,
Ny crainte ny reſpect ne ſçauroit plus contraindre
Ce vif reſſentiment qui m'oblige à me plaindre
Et cette indignité ne ſe peut endurer
Sans en faire reproche & ſans en murmurer.
Donc Barons ſouuerains, donc Iuges equitables
Qui pour nous occupez ces ſieges redoutables,
Et portez ſur le front cette ſeuerité
Qui releue l'eſclat de voſtre authorité,
Arbitres abſolus du deſtin de nos teſtes
Sçauez-vous qui ie ſuis, ſçauez-vous qui vous eſtes ?
Et bien qu'en vos faueurs mon deſtin m'ait trahy,
Vous ſouuient-il encor de m'auoir obey ?
Ouy, ouy, mes actions ſont encor trop recentes,
Et i'en laiſſe à l'Eſtat des marques importantes,

Que mes malheurs presens, ny mes maux à venir,
Ne sçauroient effacer de vostre souuenir :
Ie suis le mesme encor, & vous estes les mesmes ;
Mais ie suis criminel, vous mes Iuges suprémes,
Ie vous vis honorez de mon commandement,
Ie despens auiourd'huy de vostre iugement :
Ce que i'ay fait pour vous & par mer & par terre,
Les seruices rendus à toute l'Angleterre,
Tant de sang ennemy par ce bras respandu,
Pour conseruer vos droicts celuy que i'ay perdu,
Vos rebelles punis de tant de perfidies,
Vos repos asseurez, vos bornes agrandies,
Ne réprochent donc point à ce pais ingrat,
Que ma cheute sans doute ébranle son Estat,
Que sa mécognoissance indignement me traite,
Et que de sa main gauche il veut couper la droite :
Vous pouuez bien iuger que par vn tel discours
Ie n'ay pas fait dessein de prolonger mes iours,
Que ie ne songe pas à corrompre mes Iuges,
Et dans vostre pitié m'establir des refuges :
Grace à Dieu, mon esprit fut tousiour assez fort,
Pour brauer les perils, & mespriser la mort,
Il ne peut estre atteint de cette lasche enuie,
De m'abaisser à vous pour conseruer ma vie,
Et l'obtenant de vous par vn mot seulement,
Ie la croyrois sans doute acheter cherement,
Que ma perte preuienne vn mouuement si lâche ;
Mais si ie dois mourir que ie meure sans tache ;
Et que ce beau renom que i'acquis par mon sang,
Dans mes derniers malheurs garde son premier rang,
Qu'on cherche des moyens pour m'oster vne vie,
Que la honte fuyoit, que la gloire a suiuie ;
Et que ce mesme honneur qui guidoit tous mes pas,

Au milieu des lauriers, m'accompagne au trépas ;
Que de mes ennemis la trouppe sans courage,
Parmy tous mes malheurs n'ait point cét aduantage,
De voir humilier par vne indigne loy,
A des hommes comme eux, vn homme comme moy.

CECILE.

Cét inuincible orgueil que vous faites paroistre,
Est celuy qui tousiours vous a fait méconnoistre.
Qui vous aueugle encor, & vous fait outrager
Ces illustres Barons qui vous doiuent iuger :
Considerez, Monsieur ; le tort que vous vous faites,
Cognoissant ce qu'ils sont, cognoissez qui vous estes ;
Et que vostre malheur leur fait souffrir de vous
Cét iniuste mépris qui les offence tous :
Vostre ressentiment reproche à cette terre
Les seruices rendus au Sceptre d'Angleterre ;
Vous voulez qu'auiourd'huy la Reine & le pays
Vous rendent des honneurs pour les auoir trahys ;
Qu'à iamais dans le cœur ils grauent vos victoires,
Et mettent en oubly des actions si noires :
Qu'au iugement de tous leur infidelité,
Dément vostre courage & vostre qualité ;
Deportez vous, Monsieur, d'vne creance vaine,
Si vous auez porté les armes de la Reine,
Contre ses ennemis auec quelque bon-heur,
Vous en auez receu le profit & l'honneur :
Si vous auez acquis, ou par mer, ou par terre,
En seruant ce pays, des honneurs à la guerre,
Recognoissez la main de qui vous les tenez,
Et la haute faueur qui vous les a donnez,
Si la Reine eust voulu departir à quelqu'autre,
Mesmes charges qu'à vous, mesme rang que le vostre,
Et qu'elle eut appellé à ce superbe employ

Des gens qui l'ont seruie auec beaucoup de foy,
Vous croupiriez encor & sans nom & sans gloire,
Ne feriez plus le vain du bruit d'vne victoire ;
Et n'accuseriez point d'vn sentiment ingrat,
Et cette auguste Reyne, & ce puissant Estat.
La gloire toutesfois de vos hautes vaillances
N'a pas fait iusqu'icy toutes vos recompenses,
Outre ce beau renom, & ce superbe bruit,
De vos departemens vous auez eu le fruict.
Et nostre grande Reyne a par ses bons offices,
Et par mille bienfaits preuenu vos seruices.
Elle vous a d'abord esleué dans vn rang ;
Où l'on ne vit iamais homme de vostre sang,
Et pour vous honorer d'vne faueur plus grande,
Vous a fait Mareschal, & Viceroy d'Irlande,
Ah ! Comte ces effets d'vne rare bonté,
Vous obligeoient sans doute à la fidelité,
Et l'ame la plus noire & la plus déloyale,
Eust payé de son sang cette faueur Royale.
Pardonnez vn discours que vostre vanité,
Arrache d'vn esprit iustement irrité.
Et trouuez bon aussi.

LE C. DESSEX.

        Dans l'estat où nous sommes
Il nous faut tout souffrir de toute sorte d'hommes ;
Et ma captiuité vous rend bien plus hardis,
Et plus determinez que vous n'estiez iadis.
Les visibles transports de cette noire enuie,
Qui vous font attaquer la candeur de ma vie,
Et contre vn innocent vomir tant de poison,
Se fussent retenus dans vn autre saison.
Vous eussiez témoigné moins d'ardeur & de zele,
I'eusse dans vos discours paru moins infidele.

Et

Et vous euſſiez caché cette animoſité
Que vous me faites voir dans mon aduerſiré.
Mais puis qu'il faut ſouffrir les ſenſibles outrages
Que m'apreſtent deſia ces genereux courages,
Armez-vous, armez-vous & deſployeƶ icy
Tout ce que vous pouueƶ contre vn cœur endurcy.
Ouy, ouy, ie receuray ces attaintes mortelles,

POPHAM.

Ce n'eſt pas dans ce lieu, qu'on vuide des querelles.
Contre vos delateurs vous diſputeƶ en vain,
Et vous eſtes icy pour vn autre deſſein.
Reſpondez ſeulement à ce qu'on vous propoſe,
Pour vous iuſtifier il ne faut autre choſe,
Ces Barons gens d'honneur & gens de qualité,
Vous rendront la Iuſtice auec integrité,
Et moy ſelon le droict que i'ay dans cette terre,
Comme grand Iuſticier de toute l'Angleterre,
I'ateſte deuant vous le ſupreme pouuoir,
Qu'auec toute equité ie feray mon deuoir.
Que d'aucun intereſt mon ame n'eſt touchée,
Que de ſes paſſions elle s'eſt detachée,
Et que ie rends iuſtice auec la meſme foy
Que ie puis ſouhaitter qu'on me la rende à moy.
Vous eſtes accuſé, Comte, & vous Soubtantonne,
D'auoir fait des complots contre cette Couronne,
D'eſtre d'intelligence auec ſes ennemis,
Et de beaucoup d'excez que vous auez commis.
Vous auez deſcouuer vos ſecrettes pratiques,
Tenans beaucoup de gens outre vos domeſtiques,
Et receuant chez vous vn nombre de ſoldats
Qu'en vne autre ſaiſon vous n'y receuez pas.
Vous auez retenu de deſſein ou de haine
Ceux qui vous viſitoient de la part de la Reyne,

C ſ

Et

Et les auez punis d'vne iniuste prison,
D'authorité priuée & dans vostre maison.
Vous estes dans la ville entrez à main armée,
Croyant que par vos soins la reuolte allumée,
Seconderoit vos vœux & vostre intention,
Et porteroit le peuple à la sedition.
Vos messagers sont pris, & vos lettres surprises
Nous descouurent assez toutes vos entreprises.
Par vn billet escrit au Comte de Tiron,
Où vous auez laissé les armes & le nom,
La Reyne a descouuert vostre cruelle enuie
De luy rauir ensemble & le Sceptre & la vie.
Des indices si grands & si plains de clarté,
Vous rendent criminels de leze Majesté.
Regardez maintenant si vous voulez respondre,
Vos tesmoins sont connus, taschez de les confondre.

LE C. DESSEX.

Pour me iustifier ie sçay ce que ie doy,
Cher amy respondez & pour vous & pour moy.
Ma constance se rend & n'est pas assez forte,
Pour retenir le cours du courroux qui m'emporte,
Ie l'auoüray de tout, mes Iuges Souuerains,
Il lit dans mon esprit & sçait tous mes desseins.

LE C. DE SOVBTANTONNE.

Puis qu'vn mesme destin confond nostre fortune,
Que nous deuons tomber d'vne cheute commune,
Et que doresnauant rien ne peut separer
Ce lien d'amitié qui doit tousiours durer.
Auant que d'abuser de vostre patience,
Par vne fauorable & paisible audiance,
I'appelle pour tesmoin de ma confession,
Ce iuge souuerain de mon intention.
Luy qui voit iusqu'au fond mes secrettes pensées,

Pourra

Pourra iustifier nos actions passées,
Et dessiller les yeux de tant de gens d'honneur
Contre les trahisons d'vn lasche suborneur.
Tous ceux que la vertu rendoit amis du Comte
Souffrent auec regret sa disgrace & sa honte.
Ceux qui ne la voyoient que d'vn œil enuieux
Supportent son malheur d'vn esprit plus ioyeux.
Mais ie suis asseuré que les vns ny les autres,
Si par mes sentimens ie puis iuger des vostres,
N'ont creu, ny ne croiront qu'il ait iamais commis
Des crimes inuentez parmy ses ennemis.
Ce cœur qui n'eut pour but que l'honneur & la gloire
Ne pouuoit conceuoir vne action si noire;
Et les preuues qu'on a de sa fidelité
Ferment assez la bouche à cette fausseté.
Ces indices legers, ces foibles tesmoignages,
De qui nos delateurs tirent leurs aduantages,
S'ils se peuuent blasmer auec quelque raison,
C'est de ressentiment, non pas de trahison.
Tenir dans nos maisons vne troupe enfermée,
Receuoir des Soldats, entrer à main armée.
Quelle loy le deffend? quoy n'est-il pas permis
De se tenir armé contre ses ennemis?
Les nostres sont connus, Cobhan, Raleig, Cecile,
A leur lasche cordelle en ont attiré mille,
Et bien que leur dessein n'ose se declarer,
Contre leur trahison on se peut asseurer.
Tesmoin ce braue Grey de qui la violence
Parut ces iours passez auec tant d'insolence,
Que si le coup mortel n'eust esté destourné,
Dans la place publique il m'eust assassiné.
Si vous nous accusez de dessein ou de haine
Contre les Conseillers deputez de la Reyne,

Ie le confesseray, s'ils osent asseurer,
Qu'on les ayt retenus que pour les honorer.
Qu'on ne les ayt traittez auec la deferance,
Et les ciuilitez qu'on doit à leur naissance,
Le damnable dessein que vous auez appris,
Du Messager du Comte & du billet surpris,
Est vn traict de ces cœurs & de ces mains adroites,
Qui ne manquent iamais de lettres contrefaites.
De tesmoins apostez, ny de sceau, ny de sein,
Pour faire reüssir vn perfide dessein,
Voyez nos ennemis ils sont assez habiles.
Mais à quoy prolonger des discours inutiles,
Nous sommes innocens mon front le dit assez,
Vous estes gens de bien & vous nous cognoissez.

RALEIG.

Ne nous accusez point auec tant de malice,
Nous ne fûmes iamais ennemis que du vice :
Cobban, Cecile & moy, sommes tres-asseurez,
De n'auoir point paru parmy vos coniurez ;
Et qu'aucun mouuement ou de haine ou d'enuie
Ne nous a fait dresser d'embûsche à vostre vie,
Si Grey vous attaqua nous ne l'auons pas fait,
La Reine l'en punit vous estes satisfait ;
Et rien ne vous oblige à vous mettre en deffense
Contre ceux qui iamais ne vous ont fait d'offense :
Pour vn autre dessein vous vous estiez armez.

M. CECILE.

Contre les gens de bien ils sont ennemimez,
Et sont nos ennemis parce que nous le sommes.

LE C. D'ESSEX.

Tu ne le fus iamais, peste de tous les hommes ;
Et si cette raison me deuoit animer,
Par le contraire aussi ie te deurois aymer,

Tu

Tu me hais, tu me hais, pour des raisons tres lâches;
Ie ne les diray point suffit que tu les sçaches,
Et que dans tes rapports & dans ta trahison,
Tu cherche le repos de ta seule maison.
Tu peux encor auoir d'autres sujets de haine;
Oüy, oüy, i'auois iuré d'esloigner de la Reine
Vn cœur plein d'artifice, vn lasche suborneur,
Vn ennemy iuré de tous les gens d'honneur,
Vn esprit cauteleux, vn delateur à gages,
Qui du malheur d'autruy tire ses auantages,
Oüy i'auois ce dessein & l'eusse executé,
Oüy, ie t'eusse perdu, quoy qu'il m'en eust cousté.
Et de quoy peut seruir vn homme de ta sorte,
La ligue de la Reine en est-elle plus forte?
At-tu iamais rendu de seruice à l'Estat;
Incapable de tout hormis d'vn attentat?
Toy que la gloire fuit, que la honte accompagne,
Ennemy du païs, & partisan d'Espagne.

CECILE.

Ces mots iniurieux dont vostre passion
S'efforce de blesser ma reputation,
Procedent seulement, ou de rage ou d'enuie,
Et ne peuuent noircir vne innocente vie.
Ma Reine & mon païs ne m'accusent de rien;
I'ay vescu sans reproche, & suis homme de bien.
Ie vous cede en esprit, ie vous cede en naissance
Et ie vous cede aussi cette haute vaillance,
Qui vous a signalé dans vostre nation;
Ce n'est ma vanité, ny ma profession,
I'affecte seulement des honneurs legitimes:
Mais ie suis grace à Dieu sans remords & sans crimes.
Dans mes fideles soins ie me suis conserué,
Chez la Reine & par tout ie vay le front leué.

C'est

C'eſt ce qui me munit contre tous vos outrages,
Et ie n'ay pas ſur vous de petits aduantages.
Si l'on nous voit paroiſtre en ce lieu ſolemnel ;
Moy comme vn innocent: Vous comme vn criminel.

POPHAM.

Treue à tous ces ces diſcours, n'auez vous autre choſe
Pour vous iuſtifier contre ce qu'on depoſe ?

LE COMTE DESSEX.

Non, non, ie n'ay plus rien, prononcez ſeulement,
Mais gardez l'equité dans voſtre iugement,
Et n'enuelopez point dans mon ſort deplorable
Vn innocent amy, qui n'en eſt point coupable.
Ouy ſi vous me pouuez adiouſter quelque foy,
Si quelqu'vn a failly, Barons ce n'eſt que moy,
L'amitié qui touſiours nous vnit comme freres,
Engagea mon amy dans toutes mes affaires.
Mais il eſt innocent, le Ciel m'en ſoit teſmoin,
Ayez y quelque eſgard, prenez en quelque ſoin ;
Et ne permettez point, qu'vn iugement iniuſte
Deshonore à iamais cette aſſemblée auguſte.

LE C. DE SOVBTANTONNE.

S'il taſche d'eſmouuoir vos eſprits à pitié
Par les derniers effets d'vne eſtroite amitié,
Connoiſſez ſon deſſein, conſiderez mes Iuges,
Que dans ſa propre perte, il cherche mes refuges.
Que pour m'en garantir il s'expoſe au treſpas
Et qu'il fait criminel celuy qui ne l'eſt pas.
Ouy l'amitié ſans doute attacha ma fortune
Auecque ſon deſtin d'vne chaiſne commune.
L'amitié m'engagea dans tous ſes intereſts,
Me fit participer à ſes plus grands ſecrets.
Me fit ſon confident, fut en paix, fut en guerre,
Et me l'euſt fait ſeruir contre toute la terre,

Enfin

Enfin mesme destin nous a conduits icy,
Et s'il est criminel ie le dois estre aussi.

POPHAM.

Suiuant l'authorité que ma charge me donne,
Robert Comte Dessex, auec Soubtantonne,
Leur response entenduë, & leur droict disputé,
Paroissent conuaincus de leze Majesté,
D'auoir ouuertement attaqué la Couronne,
Et nostre grande Reyne en sa propre personne,
Et pour punition de ce noir attentat,
Et contre nostre Reyne & contre nostre Estat.
Leur faisant grace, & droict nous condamnons leurs
*   testes,*
A reparer leur faute.

LE C. DESSEX.

*   Elles sont toutes prestes,*
Et ce sanglant Arrest n'espouuentera pas
Ceux qui sçauent desia mespriser le trespas.
Allons mon cher amy, i'espere que la Reyne
Sçaura ton innocence, & sera plus humaine,
Que son ressentiment n'esclatant que sur moy,
Elle sera plus douce, & plus iuste pour toy.
Pour moy de quelque horreur que la mort me menace
Ie l'attendray plustost que d'implorer sa grace.

LE C. DE SOVBTANTONNE.

Et moy dont l'amitié ne peut iamais perir,
Ie veux mourir aussi, si vous deuez mourir.

ACTE

ACTE IV.

SCENE PREMIERE.

ELIZABETH, ALIX.

ELIZABETH parlant au Cap. des Gardes.

S I l'Arrest est donné va dire qu'on diffère,
Que l'on attende encore ma volonté derniere,

*Il s'en
va.*
Et qu'on ne haste point cette execution
Qu'on ne soit asseuré de mon intention,
Quoy qu'il ait entrepris & quoy qu'il m'en arriue,
Quoy qu'il ait conspiré, ie veux ie veux qu'il viue,
Puis que dans son salut ie rencontre le mien,
Il doit dans mon salut trouuer aussi le sien;
Et bien qu'en le sauuant i'asseure ma ruine,
Ie preuiendray les maux que l'ingrat me destine,
Luy faisant aduoüer que i'eus plus de bonté
Qu'il n'eut d'ingratitude & d'infidelité.
Que toute l'Angleterre accuse ma foiblesse,
Que tant de Roys voisins que ma perte interesse
Apprennent mes malheurs auec estonnement,
Que tout le monde admire vn si grand changement.
Que ce superbe bruit qui me rendoit si vaine,
Que ces rares vertus d'vne si grande Reyne
Cedent honteusement aux maximes d'amour,
Et que tout le passé se dissipe en vn iour,

Pourueu

Pourueu que mon repos se trouue dans ma faute,
Ie ne me pique plus d'vne gloire si haute.
Mon regne, grace au Ciel, est assez renommé,
Et ie le finis mal pour auoir trop aymé.

ALIX.

Quand vous auez donné la grace à Soubtantonne
Vous auez tesmoigné combien vous estiez bonne.
Et comment vous sçauez pardonner quand il faut,
Mais le Comte Dessex a le cœur vn peu haut.
Et les derniers rapports de Madame Cecile,
La peine qu'elle a pris, sa visite inutile.
Vne obstination, vn visible mespris
Doiuent d'vn long sommeil retirer vos esprits.
Madame excusez moy l'honneur que vous me faites
De ne me point cacher vos volontez secrettes,
Me rend vn peu hardie, & me fait condamner
Ce qu'à mon grand regret ie ne puis destourner.
Ie suiuois vos desseins tant qu'ils se pouuoient suiure,
Quand le Comte viuoit ainsi qu'il deuoit viure,
Et qu'il vous honoroit comme vous l'estimiez,
Ie ne vous blasme point voyant que vous l'aymiez.
Ie ne condamnay point cette amour inegale
Qui sembloit faire tort à la grandeur Royale.
Ie creus que sa vertu reparoit ce deffaut,
Et qu'aymant la vertu vous aymiez assez haut.
Mais apres des desseins d'vne telle importance,
Que de la trahison il passe à l'insolence,
Et qu'il parle de vous.

ELIZABET.

   Chere Alix, c'est assez,
Ne renouuelle point mes desplaisirs passez.

         D   *Ie*

Ie ſçay tout, ie voy tout, mais ce pouuoir ſupreme
Malgrê ce que ie dois, m'arme contre moy-meſme.
Il prend ouuertement le party de l'ingrat,
Renuerſe ma Iuſtice, & mes raiſons d'Eſtat.
Et ne me peut donner vn moment de relaſche,
Qu'en me ſacrifiant pour le ſalut d'vn laſche.
Il peut bien conſpirer, il peut bien me trahir,
Il peut me meſpriſer, ie ne le puis hair,
Et de quelques raiſons que s'arme ma prudente,
Que mon reſſentiment parle pour ma deffenſe,
Vn ſimple ſouuenir renuerſe en vn moment
Ma raiſon, ma prudence, & mon reſſentiment.
Iuſte Ciel dont ie tiens cette naiſſance haute,
Toy qui la connoiſſant ne punis point ma faute,
Et qui ſouffrez vn feu ſi peu digne de moy,
Pourquoy me fis-tu Reyne, & fille d'vn grand Roy ?
Ah ! ie deuois ſans doute auec cette ame baſſe
Naiſtre d'vn ſang ignoble, & d'vne obſcure race !
Mon feu ſe meſurant à ma condition,
N'euſt eu que de l'honneur dans cette paſſion,
Et n'euſt point obſcurcy l'eſclat d'vne Couronne.

SCENE II.

L'HVISSIER DV CABINET.
ELIZABETH.
L'HVISSIER.

LE Comte. ELIZABETH.

       Que dis-tu ?

          L'HVIS

L'HVISSIER.

Le Comte Soubtantonne,
Demande le pouuoir auec l'humilité,
De rendre ses deuoirs à vostre Majesté.

ELIZABETH.

De sa grace obtenuë il me vient rendre graces.
Ouy qu'on le fasse entrer, que faut-il que tu fasses?
Et comme verras-tu l'amy du desloyal?
Mais le voicy qui vient reprens ce front Royal,
Et cache si tu peux ton estrange foiblesse.

SCENE III.

LE C. DE SOVBTANTONNE.
ELIZABETH, RALEIG.

LE C. DE SOVBTANTONNE.

IE me viens prosterner, grande & iuste Princesse,
Et publier aux pieds de vostre Majesté
Et sa rare iustice, & sa grande bonté.

ELIZABETH.

Leuez-vous.

LE C. DE SOVBTANTONNE.

Vous sauuez vne inutile vie
A celuy qui iamais ne vous auoit seruie,

Et vous laissez conduire à la fin de ses iours
Vn homme qui vous sert & vous seruit tousiours ;
Malgré son innocence, & malgrè ses seruices,
On destine le Comte à des honteux supplices,
Sa teste de l'Estat le plus fidel appuy,
Sous vne infame main doit tomber auiourd'huy ;
Et vostre Maiesté veut conseruer la mienne
Qui ne repare point la perte de la sienne.

ELIZABETH.

S'il ne se fut trouué plus criminel que vous,
Il eust receu sans doute vn traitement plus doux :
Mais le crime du Comte est de telle importance
Qu'il arreste le cours de toute ma clemence,
Et toute ma bonté ne luy peut pardonner,
A moins que de me perdre & de le couronner.

LE C. DE SOVBTANTONNE.

Ah ! Madame faut-il qu'vne si grande Reine,
Suiue les mouuemens d'vne troupe inhumaine ?
Laisse à la calomnie accabler la vertu,
Et l'homme le plus grand que ce Royaume ait eu,
Que vostre Maiesté rappelle sa Iustice,
Si le Comte a failly commandez qu'il perisse :
Mais qu'on ne haste rien, & qu'il luy soit permis
De se iustifier contre ses ennemis :
Il a serui l'Estat, son salut vous importe ;
L'on ne recouure point des hommes de sa sorte,
Et si vous le perdez vous vous laissez rauir
Vn homme d'importance & qui vous peut seruir :
Si le Comte faillit ce fut par promptitude,

Mais non pas par deſſein ny par ingratitude :
Nous auons meſme crime également commis ,
Mais i'ay moins d'enuieux, & luy plus d'ennemis ,
Ma perte leur ſeroit de moindre conſequence ,
Ils redoutent ſa vie & craignent ſa vengeance.
Et ce tableau viuant de generoſité ,
De vaillance , de Zele , & de fidelité ,
Leur met la poudre aux yeux & dans l'ame l'enuie ,
Qui les rend ennemis d'vne ſi belle vie.
Que voſtre Maieſté ne s'en offenſe point ,
La mort d'vn tel amy me touche au dernier point.
Ie viuois par luy ſeul , ſans luy ie ne puis viure ,
Son ſalut eſt le mien , s'il meurt ie le veux ſuiure :
Et n'ayans qu'vne vie , & qu'vn meſme deſtin ,
Nous n'aurons qu'vn ſalut , ou qu'vne meſme fin.
Si ſa memoire encor vous eſt conſiderable ,
S'il a iamais rien fait qui vous ſoit agreable ,
Si vous vous ſouuenez du ſeruice rendu ,
A vous , à voſtre Eſtat , du ſang qu'il a perdu ;
Par ſon ſang , par ſon zele, & par tous ſes ſeruices,
Ne les deſtinez point à d'infames ſupplices.
Sauuez vn ſi grand homme.

ELIZABETH.

Ah ! Comte leuez-vous.
Ie le voudrois ſauuer , mais il m'eſt impoſſible ,
Il n'eſt point innocent.

RALEIG.

Son crime eſt trop viſible ,

On vient de le conuaincre & le verifier,
Il n'a pas pris le soin de s'en iustifier,
A ce qu'on luy met sus il n'a daigné respondre,
Et tout ce qu'il a dit n'a fait que le confondre,
Les Barons n'ont donné qu'vn iuste iugement,
Et mesme apres l'Arrest il a dit hautement,
Parlant de nostre Reine auec beaucoup d'audace,
Qu'il aymoit mieux mourir que d'implorer sa grace.

LE C. de Soubtantonne.

Le Comte est en prison, & c'est en seureté,
Que tu fais éclater ton animasité ;
Dans sa prosperité tu luy cachois ta haine,
Mais, n'estoit le respect que ie dois à la Reine,
Deusse-je auecque toy trebucher auiourd'huy,
Tu ne parlerois plus d'vn homme comme luy.
Madame pardonnez mon extréme insolence ;
Mais que vostre bonté le condamne au silence.
Ie ne puis retenir vn si iuste courroux,
Ny souffrir ce discours d'vn autre que de vous.

ELIZABETH.

Ah ! Comte, c'est assez, ne faites plus paroistre
Ce zele criminel pour le salut d'vn traistre,
Son crime est manifeste, & de quelque raison
Qu'on veüille déguiser sa noire trahison,
Son perfide dessein visiblement éclate,
Et son ame est hautaine autant qu'elle est ingrate ;
Il n'est pas satisfait d'auoir tout entrepris
S'il ne traite sa Reine auecque du mespris,
S'il ne parle de moy dans vne indifference

Qui

Qui fait voir son orgueil, & son irreuerence;
Cét inuincible esprit se croiroit faire tort
S'il imploroit ma grace, il aime mieux la mort;
Il croit que l'on doit tout à ses rares merites,
Et vous desauoüra de tout ce que vous dites :
Eh bien qu'il se conserue auec ce noble orgueil,
Qu'à ma misericorde il prefere vn cercueil,
Qu'il ne déroge point à son humeur hautaine
Pour demander pardon à cette pauure Reine;
J'approuue son courage, & desja luy promets,
Que bien qu'il le demande il ne l'aura iamais.
Adieu.

S C E N E   I V.

LE C. DE SOVBTANTONNE, RALEIG.

LE C. DE SOVBTANTONNE,

C'En est donc fait, ta perte est asseurée,
Tout butte à ta ruine, & ta mort est iurée,
Oüy, oüy, tu dois perir, & le Ciel t'a permis
De souler de ton sang tes laches ennemis,
Ta belle ame fuyant de cette ingrate terre
S'esleue dans le Ciel, & quitte l'Angleterre,
Elle perd te perdant celuy qui la sauua,
Ce bras qui la maintien & qui la conserua.
Et l'ingrate qu'elle est dans son malheur extréme,
Se console & te perd sans se perdre soy-mesme;
Mais ne reproche point à son fidel amy
Qu'il supporte ta perte & peut viure à demy,
Mon ame suit la tienne, & ie n'ay point d'enuie

De traiſner apres toy cette mourante vie,
Vous auez ſignalé voſtre haute vertu,
Ouy, Monſieur, vous aueʒ vaillamment combattu,
Et voſtre calomnie, & vos noires malices
L'ont enfin emporté ſur beaucoup de ſeruices.
Mais pourtant.

RALEIG.

Grace à Dieu nous ne redoutons rien,
Et ſa peine importoit à tous les gens de bien,
La Reyne a reconnu nos deſſeins & nos ʒeles,
Et cét Eſtat ſçait bien que nous ſommes fideles.

LE C. DE SOVBTANTONNE.

Ouy cét Eſtat vous doit ſa conſeruation,
Vous luy deuez auſſi voſtre protection.
Et par cette action genereuſe & Royale,
Vous auez aſſeuré toute voſtre cabale,
Mais ſi le Comte meurt ſoyez tous aſſeurez.

RALEIG.

Nous ne vous craignons point.

LE C. DE SOVBTANTONNE.

Bien, bien, vous le ſçaurez.

SCENE

SCENE V.

LE C. DESSEX, MADAME CECILE.

LE C. DESSEX dans sa prison.

Ovy pour te faire voir que ie brusle d'enuie
De ne donner qu'à toy le reste de ma vie,
Et que ie hay le iour s'il ne me vient de toy,
Ie veux bien confier mon salut à ta foy.
Ie te veux descouurir vn important mystere,
Que beaucoup de raisons m'ont obligé de taire,
Et bien que mon salut s'attache à ce secret
Ie le veux bien fier à ton esprit discret.
Tu m'aime ie le sçay, bien que ta ialousie
Ait de quelques soupçons troublé ta fantasie,
Et que ton bel esprit, dans son aueuglement
Aye accusé le mien de quelque changement.
Mais si tu peux encor auoir quelques ombrages,
Ie te veux effacer par de bons tesmoignages,
Toute l'impression que ta credulité
Auroit peu conceuoir de ma desloyauté,
Et certes dans l'estat des maux où ie me treuue
Ie ne t'en puis donner vne meilleure preuue,
Et te mieux tesmoigner mes fideles desseins
Que mettant mon honneur, & ma vie en tes mains.

M. CECILE.

Si ie pouuois douter de cette amour extreme,
Ie me rendrois ingrate, & cruelle à moy mesme.
Et ses foibles soupçons de mon esprit ialoux

Tesmoignent seulement celle que i'ay pour vous.
Mon ame maintenant est un peu soulagée
De cette passion qui l'auoit affligée,
Et ne respire plus que pour vous secourir,
Ou perir auec vous si vous deuez perir.
Ouurez donc les moyens que le Ciel nous appreste,
Dans ces extremitez pour sauuer vostre teste.
Et soyez asseuré que ce cœur est tout prest,
S'il vous sauue en mourant, de subir vostre Arrest.

LE C. DESSEX.

Ah ! la vie à ce prix ne me fut iamais chere,
Et i'eslirois plustost vne mort volontaire
Que de ietter pour moy dans le moindre hazard,
Celle qui dans mon sort prend vne telle part.
Le Ciel m'en a donné des moyens plus faciles.
Mais sans vous amuser de discours inutiles,
Puis que le temps me presse & le mortel decret,
Escoutez seulement cét important secret.
Du temps que i'estois bien dans l'esprit de la Reyne,
Et que de ses faueurs, mon ame toute vaine
Se figuroit desia de posseder ce cœur
De qui iamais mortel n'auoit esté vainqueur ;
Elle pour me donner vne preuue asseurée
D'vne amitié parfaite & de longue durée,
Et me faire esperer vn eternel repos,
Me donna cette bague & me tint ce propos :
Tu reçois ce present d'vne Reyne qui t'aime,
Et t'aimera tousiours à l'esgal de soy-mesme ?
Conserue cherement ce souuenir de moy,
Et ce gage asseuré du soin que i'ay de toy.
Auec cette promesse inuiolable & saincte,

Cette Royale foy qui ne peut estre enfreinte
Que dans quelque peril, dans quelque extremité ;
Ou pour vn changement tu sois precepité.
Fusses-tu malheureux pour m'auoir desseruie,
Quand il m'en cousteroit la couronne & la vie,
Ie te retireray de peine & de hazard,
Si tost que ie verray ce gage de ta part.
Ce sont ses propres mots, & c'est de cette sorte,
Que ie puis releuer mon esperance morte,
La bague est en mes mains, dés qu'elle la verra,
Si ie veux vne grace elle me l'obtiendra,
Et ie m'ose promettre, auec quelque apparence
Qu'elle n'attend de moy que cette defferance ;
Ie remets en tes mains ce gage precieux,
Qui me va redonner la lumiere des Cieux,
Par là tu te pourras conseruer cette vie,
Et cette liberté que mes yeux m'ont rauie,
Tu pourras à ton gré disposer de mon sort,
Et donner à l'ingrat ou la vie ou la mort.

M. CECILE.

Bien que ie vous accuse & que dans vostre feinte,
Ie trouue contre vous de grands sujets de plainte,
Pour m'auoir pu cacher iusqu'à l'extremité
Vn gage si certain de vostre seureté,
Ie ne m'emploiray pas auec vn moindre zele
Que ie ferois pour moy, si i'estois criminelle,
Donc quoy que mon amour vous puisse reprocher,
Ne perdons point de temps, puis qu'il nous est si cher,
Adieu ie vay courir, ou voler chez la Reyne.

LE

LE C. DESSEX.

Mon inciuilité te donne trop de peine,
Mais tu vas conseruer vn pauure criminel,
Pour l'attacher à toy d'vn lien eternel,

MAD. CECILE.

Le succez en sera tel que ie le souhaitte,

SCENE IV.

LE C. DESSEX seul.

SVperbe Elizabeth vous voila satisfaite,
Et vous voyez enfin ce courage endurcy
Implorer voStre grace, & vous crier mercy;
Mais ne croyez iamais que mon cœur se relasche
De son premier dessein pour vne crainte lasche;
Vous connoissez ce cœur & vous ne doutez pas
Si ie fuy maintenant la honte ou le trépas:

SCENE VIII.

MADAME CECILE seule hors de la prison.

TV vaincras à la fin & la perte du Comte
Te pourra satisfaire & reparer ta honte.
Resous-toy maintenant à de nobles desseins,
Vse bien du destin que tu tiens en tes mains,
Et garde cherement cette bague fatale,

Qui

Qui pourroit conseruer vne ame desloyale.
Bien que le traistre feigne en cette extremité,
Qu'il se pense mocquer de ta sotte bonté ;
Sous ce masque trompeur tu connois bien encore
Celuy qui te trahit & qui te deshonnore,
Le perfide abusa de ta simplicité,
Il publia par tout son infidelité ;
Et n'estoit pas content de t'auoir mesprisée,
S'il n'eust fait de ta honte vne insigne risée.
Vange-toy maintenant, & puis qu'il t'est permis,
Perds, perds le plus cruel de tous tes ennemis,
Mais Dieu pourras-tu bien contre ta conscience
Prendre vne si honteuse & si lasche vengeance ?
Il te trompa, l'ingrat, il te manqua de foy,
Il te perdit d'honneur, mais il se fie à toy ;
Il met entre tes mains son honneur, & sa vie ;
Ah ! ne conserue plus cette cruelle enuie,
Qu'il viue, le perfide, & que par son remords
Il soit vn iour puny de plus cruelles morts :
Qu'il ressente à loisir la peine de son crime,
Et loüe vne bonté qui n'est plus legitime :
Cedez, ressentimens, à ces restes d'amour,
Mais ie voy mon Mary.

SCENE VIII.

CECILE, MAD. CECILE.
CECILE.

Vous venez de la Tour ?

M. CECILE.

Ie viens d'icy tout proche, & m'en-vay chez la Reine.

CECILE

62

CECILE.

Ie vous ay veu sortir, & vostre feinte est vaine,
Pourquoy le cachez vous, ie connois vos desseins,
La Reine vous enuoye.

M. CECILE.

Il est vray que ie feins,
Et que i'ay mon esprit embroüillé d'vne affaire,
Mais allons, ie vous veux descouurir vn mystere,
Qui donne de la peine à mon esprit confus,
Et prendre s'il se peut vos conseils là dessus.

ACTE V.

SCENE PREMIERE.

LE C. DESSEX, LE CAP. des Gardes. RALEIG.

LE C. DESSEX.

A Reine par ma mort n'est donc pas satis-
faite,
Et ne croit pas encor sa vengeance parfaite
Si de mes ennemis le plus malicieux,
Ne soule de mon sang & sa haine & ses yeux.
Qui t'ameine Raleig? cherche-tu ses delices,

Où

Où le Comte a trouué le prix de ses seruices ?
Et si tu n'es témoing d'vn infame trépas,
Sa mort ne te contente & ne t'asseure pas :
Hé bien assouuy toy d'vn sang noble & fidelle,
Et porte à tes amis cette bonne nouuelle :
Dis leur que desormais tout leur sera permis,
Qu'ils perdent le plus grand de tous leurs ennemis ;
Qu'ils sont tous à l'abry de semblables supplices ;
Puis que ce iuste Estat recompense les vices ;
Et peuuent maintenant trouuer leur seureté
Dans leur seule bassesse, & dans leur laschete.
Tu peux aussi redire à nostre grande Reine,
Puis que dans sa disgrace, & sa mortelle haine,
Elle peut dignement ietter les yeux sur toy,
Auec cette bonté qu'elle eut iadis pour moy ;
Qu'en ma mort sa parole & sa foy s'interesse ;
Qu'vne Reine iamais ne faussa sa promesse :
Mais que sa cruauté m'oblige desormais,
Plus que son amitié ne m'obligea iamais.
Dis luy qu'elle me pert, & croy que c'est tout dire,
Qu'elle sçait que ma perte ébranle son Empire,
S'il n'espere l'appuy qu'il receuoit de moy,
De Cecile, de Grey, de Cobhan & de toy.
Et que mon innocence à la fin descouuerte,
Elle sçaura sa faute, & pleurera sa perte.
Qu'elle me pleurera, mais de larmes de sang,
Iusqu'à ce qu'vn de vous ayt occupé mon rang.
Elle peut bien choisir parmy de si grands hommes.

RALEIG.

Le païs nous connoist, chacun sçait qui nous sommes.
Et certes ie pourrois respondre à vos discours.

Mais

Mais de vous affliger à la fin de vos iours,
Sembleroit inhumain & de mauuaise grace.

LE C. DESSEX.

Tu feras beaucoup mieux de me quitter la place,
D'euiter mon courroux, & ne repliquer point,
A celuy que ta venüe offense au dernier point.
O ! Ciel peux-tu souffrir qu'vne si belle vie
Soit d'vne telle mort indignement suiuie ?
Et m'auoir esleué dans vn degré si haut
Pour lauer de mon sang vn infame eschafaut ?
Peuple Anglois s'il demeure encor dans vos memoires
Le moindre souuenir de ces belles victoires,
Dont souuent auec vous i'ay partagé l'honneur,
Marchant à vostre teste auec tant de bonheur ;
Ouy, ouy, s'il vous souuient des illustres conquestes
Qui de tant de Lauriers ombragerent vos testes,
Serez-vous sans regret dans les derniers malheurs,
Du plus braue tesmoin de vos rares valeurs ?
Ah ! s'il vous reste encor'apres cette memoire
Vn genereux desir de conseruer ma gloire,
Que mon meilleur amy par vn coup plus humain
Me destourne celuy d'vne honteuse main.
Qu'vn de mes compagnons, qu'vn soldat charitable,
Donne à son General vn trespas honorable ;
Et ne permette pas s'il est homme de bien,
Qu'vn homme comme moy. Mais vous n'en ferez rien
Et ie ne ly que trop dans ces pasles visages
Qu'il ne vous reste rien de vos premiers courages,
Et que vous oubliez ce que ie vous appris,
Ah ! ie voy ta bassesse auec tant de mespris,
Peuple vil, peuple abiect que la mienne m'offense,

D'au

D'auoir à mon trespas cherché ton assistance,
Eh bien mourons ainsi que le Ciel l'a voulu !
Ma Reyne, & mon pays l'ont ainsi resolu,
Laissons à cette Terre vne douleur mortelle
De perdre en me perdant vn homme indigne d'elle.
Ie vois dans cette Cour vn eschafaut dressé,
Allons pour mal finir i'ay trop bien commencé.
Mais au dernier moment de mon heure derniere,
Pourray-ie bien, Monsieur, vous faire vne priere ?

LE CAPITAINE des Gardes.

Monsieur, asseurez-vous que ie vous seruiray,
Et qu'auec tout respect ie vous obeiray.

LE C. DESSEX.

Vous direz s'il vous plaist à Madame Cecile
Que ie suis bien marry de sa peine inutile.
Et que iusqu'au tombeau ie suis son seruiteur,
Prendrez-vous cette peine ?

LE CAPITAINE des Gardes.

Ouy, Monsieur, de bon cœur.

SCENE II.
ALIX, ELIZABETH.
ALIX.

Remettez-vous Madame, & que vostre visage
Ne fasse point ce tort à vostre grand courage,
D'accuser de foiblesse vn Esprit si Royal,

Et de tant de regret pour perdre vn desloyal,
C'est vn fascheux destin que le destin des Princes,
Ils sont tousiours en butte à toutes leurs Prouinces.
Toutes leurs actions se font auec esclat,
Et leur moindre penser touche tout vn Estat.
Ceux à qui le soupçon, la malice & l'enuie
Font auec plus de soin remarquer vostre vie,
Sans doute iugeront dans vostre changement
Que perdant vn sujet vous plaignez vn amant.
Songez-y bien, Madame, & que vostre prudence
Arreste vn peu le cours de cette medisance,
Vous seule trauaillez à nourrir vos douleurs,
Et rien ne vous oblige à respandre des pleurs,
Cét ingrat vous mesprise. O ! Ciel est-il possible,
Il conserue en mourant son orgueil inuincible,
Aux faueurs de sa Reyne, il prefere vn trespas,
Et dédaigne vn pardon qu'il ne merite pas,
Quoy que vostre bonté luy presente vn azile,
Dans les derniers raports de Madame Cecile.
Et dans tous ses discours vous auez bien apris,
Que de l'ingratitude il passoit au mespris.

ELIZABETH.

Ouy ie l'ay trop appris & de quelque foiblesse,
Que son affection condamne ma tristesse.
Sçache que mon esprit est desia resolu,
A souffrir le trespas que luy mesme a voulu.
Apres sa trahison ie veux encor luy plaire,
Il desire la mort ie le veux satisfaire.
Et luy faire connoistre en son dernier moment
Que ie garde ce soin dans mon ressentiment.
Toutesfois si la crainte esbranle son courage,

Ie sçay bien à quel poinct ma parole m'engage.
Et si le desloyal rentre dans son denoir,
Son iuste chastiment n'est plus en mon pouuoir.
Ouy, ie suis obligée, ah! souuenir funeste,
Veux-tu troubler encor le repos qui me reste?
Et bourreler mon cœur de regrets superflus.
Pour vn bonheur passé qui ne reuiendra plus.
Ouy, ie dois malgré moy pardonner à ce traistre,
Au premier repentir qu'il me fera paroistre.
Et ce gage fatal qu'il a receu de moy,
Engage a cét ingrat ma parole & ma foy.

SCENE III.

LEONORE, ELIZABETH, ALIX,

LEONORE.

LE Comte est mort, Madame.

ELIZABETH.

O Ciel!

ALIX.

Est-il possible?

LEONORE.

Ouy, tousiours plein d'orgueil, & tousiours inuincible,
Il a du coup mortel en se pleignant de vous
Vomy sur l'eschafaut son sang & son courroux.

ELIZA

ELIZABETH.

Il en a du sujet. Rappelle ton courage,
Voy tout d'vn front égal & d'vn mesme visage,
Et ne te trouble point. Qui t'a fait ce raport ?

LEONORE.

Par vos ordres Raleig fut present à sa mort,
Ie l'ay laissé, Madame, à la Chambre prochaine.

ELIZABETH.

Dy luy que d'auiourd'huy l'on ne voit point la Reyne,
Qu'elle est indisposée. Il est mort ! il est mort !

ALIX.

Ce coup sur son esprit fait vn estrange effort,
Et de quelque façon que sa douleur se flatte,
Son mortel desplaisir visiblement esclatte.

ELIZABETH.

Ah ! le Comte n'est plus, ton cœur est satisfait,
Il vient de reparer le tort qu'il t'auoit fait.
Son sang a bien laué ses dernieres offenses,
Et sa mort seulement a fait ses recompenses,
Tu n'as plus desormais rien à luy reprocher,
Tu ne le verras plus cét ennemy si cher,
Ce malheureux obiet & d'amour & de haine,
Ce vassal qui seruit, & desseruit sa Reyne.
Celuy qui t'offensa, celuy qui t'obeyt,

Celuy qui t'obligea, celuy qui te trahit,
Celuy que ton cœur hayt, celuy que ton cœur aime,
Cét ennemy mortel, & cét autre toy-mesme.

ALIX.

De contraires pensers son esprit combatu,
Laisse à sa passion accabler sa vertu.
L'amour, à la douleur fait ceder son courage,
Et son ressentiment se lit sur son visage.

ELIZABETH.

Mais pourquoy le plaindray-ie, & de qu'elle raison?
Puis-ie excuser ma plainte apres sa trahison?
Pourquoy dois-ie pleurer celuy qui m'a trahie?
Pourquoy plaindre vn ingrat qui m'a tousiours haye?
Et qui ne respondit à mon affection,
Que pour bastir vn trosne à son ambition?
Tu l'aimois, il est vray, mais quoy qui le deffende,
Apres ton amitié sa faute est bien plus grande.
Apres les grands effets de ta rare bonté
Rien ne peut excuser son infidelité.
L'orgueilleux à la mort te braue, te menace,
Se mocque de tes soins, se mocque de ta grace,
Court ioyeux au trespas, & l'aime mieux souffrir
Que les conditions que tu luy fais offrir.
Ne regrette donc plus ce monstre d'insolence,
A ces restes d'amour fais quelque violence,
Et ne t'obstine point comme il s'est obstiné,
A pleurer vn trespas que l'ingrat s'est donné,
Il sauue ton Estat, il finit ton martyre,
Sa perte desormais asseure ton Empire,

E 3   *Establit*

Establit ton salut & donne pour iamais,
A ton regne, à ton cœur, le repos & la paix.

SCENE IV.

LEONORE, ELIZABETH.

LEONORE.

SI vous auez pitié de Madame Cecile,
Madame pardonnez sa priere inciuile,
Et ne refusez point en cette extremité
L'honneur de vostre veuë à sa fidelité.
Madame elle se meurt dans la chambre prochaine,
Mais deuant son crépas elle veut voir la Reine.
C'est de vostre bonté qu'elle attend son repos,
Et l'honneur seulement de vous dire deux mots.

ELIZABETH.

Quel est donc le malheur de Madame Cecile?

LEONORE.

Aussi-tost que le bruit a courut par la ville,
Et que Raleig a dit que le Comte estoit mort,
Ce coup sur son esprit a fait vn tel effort,
Que perdant tout à coup & la veuë & l'ouye,
Elle est deuant nos pieds tombée esuanouye:
Nous l'auons releuée & mise sur vn lit,
Elle a repris ses sens, mais elle s'affoiblit;
Son mal accroist tousiours, mais d'vne telle sorte,
Que ie crains qu'à present nous ne la trouuions morte.

Elle

Elle m'a tesmoigné que son dernier desir,
N'estoit que de vous voir, faites luy ce plaisir.

ELIZABETH.

Ouy, i'y vay de ce pas, cette triste nouuelle
Afflige mon esprit d'vne douleur mortelle.

SCENE V.

CECILE, MAD. CECILE.

M. CECILE sur vn lit.

AH! ne m'afflige plus par tes lasches propos,
Esloigne toy cruel & me laisse en repos,
C'est en vain, c'est en vain, qu'ton esprit essaye
De donner du remede à ma mortelle playe.
Le coup en est fatal, ton conseil inhumain
Perce ce cœur ingrat, & ie meurs de ta main.
J'ay fait pour t'obeyr l'action la plus noire
Dont les siecles passez conseruent la memoire;
Ie meurs pour nostre crime; O Dieu! mais mon trépas,
Expiant mon peché ne le repare pas.
Ouy ie meurs pour ton crime, & meurs auec ce blasme
Que d'vn meschant mary, ie fus meschante femme;
Ce seul bon-heur aux tiens restera desormais,
Va monstre, va cruel, ie ne t'aymay iamais:
L'horreur que i'eus pour toy fit naistre dans mon ame,
Pour vn plus digne objet vne plus belle flame.
J'aymay; mais iuste Ciel, il ma fallu trahir
Celuy que mon amour te força de haïr:
Et te sacrifier l'innocente victime,

Qui

Qui porte seulement la peine de ton crime.
Ah ! Comte si tu peux de ces superbes lieux ,
Sur nostre repentir ietter vn peu les yeux ;
Et si nostre remords peut adoucir ta haine.

CECILE.

Consolez-vous , Madame , & receuez la Reine,
Elle entre dans la Chambre & vous vient visiter.

SCENE VI.

M. CECILE, ELIZABETH, ALIX.

M. CECILE

O Ciel ! auec quel front pourras-tu supporter
La derniere visite , & la derniere veuë
De celle que ton crime a sans doute perduë ?
Ah ! Madame.

ELIZABETH,

Remets ton courage abbatu,
Ie te viens consoler.

M. CECILE.

Madame.

ELIZABETH.

Que veux-tu ?
Tu connois bien assez le regret qui me trouble,

Sans que par ton malheur ma tristesse redouble.
Console toy, ma fille, & ne m'afflige pas.

M. CECILE.

Ah! Madame, plustost auancez mon trespas,
Et ne conseruez plus cette bonté Royale
Pour vn cœur tout noircy pour vne desloyale,
De qui l'ingratitude & l'infidelité
Ont perdu le repos de vostre Majesté
Ouy, Madame, i'ay fait vne action si lasche
Que ma mort ne sçauroit en effacer la tâche.
I'ay trahy mon honneur, ma Reyne & mon païs,
Et ie cours à la mort pour les auoir trahis.
Mais auant ce trespas dont le coup me deliure,
Et de ma conscience & du regret de viure.
Que cette repentante embrasse vos genoux,
Pour le dernier bienfait que i'espere de vous.
Secondez ma foiblesse.

Elle par-
le aux
filles.

ELIZABETH.

Ah! leuez-vous, Madame.

MAD. CECILE.

Plustost à vos genoux ie laisseray mon ame.
Si l'estat où ie suis ne m'obtient le pardon
De mon ingratitude & de ma trahison.

ELIZABETH,

Vous ne m'auez rien fait.

E   5   M. CECILE.

MAD. CECILE.

Ah! ie suis si coupable
Que mon crime iamais n'eut de crime semblable.
Et ie n'attendrois rien de vostre Majesté
Si ie ne vous voyois dans cette extremité.
Mais puis qu'il faut mourir; à mon heure derniere,
Ie vous faits hardiment vne iniuste priere.
Et ie meurs sans regret, si i'ay dans mon trespas,
Le pardon d'vn forfait qui n'en merite pas.

ELIZABETH.

Quoy que vous m'eussiez fait en l'estat où vous estes,
Ie vous accorderois vos dernieres requestes,
Mais puis que vostre esprit en sera satisfait,
Ie vous pardonne tout, quoy que vous m'ayez fait.
Mais leuez-vous.

M. CECILE.

Bon Dieu que ie suis inhumaine,
De trahir lachement vne si bonne Reyne.
Et que mon crime est grand apres cette bonté,
Puis qu'il faut descouurir à vostre Majesté,
L'action la plus noire & la plus odieuse
Qu'on pouuoit redouter d'vne ame furieuse,
Destournez vos regards puis que dans cét estat
Vn front si criminel n'en peut souffrir l'esclat.
Et qu'à moins de tesmoins ie découure ma honte,
Apprenez que i'aimay, mais que i'aimay le Comte,
Et sans considerer mon rang & mon deuoir
L'amour que i'eus pour luy me mit en son pouuoir.
Malheurense,

Tous se
retirent
orsmis
dix.

Malheureuse, bon Dieu ! qu'est-ce que tu confesses ?
Mais le perfide enfin lassé de mes caresses
Dont la facilité refroidit vn amant,
Pour vne autre beauté courut au changement.
Il me quitte l'ingrat, & sa fuite inhumaine,
A mon affection fit succeder ma haine.
I'ay cherché les moyens de me vanger de luy,
Et ie les ay receus de luy-mesme auiourd'huy,
Il met innocemment son honneur & sa vie
Dans les perfides mains d'vne femme trahie,
Et se sacrifiant à son ressentiment :
Mais Dieu ie n'en puis plus voyez ce diamant,
Il acheue pour moy cette triste harangue,
Et ce gage de vous parle mieux que ma langue.
Ie l'ay receu de luy, ie vous le rend.

ELIZABETH

O Dieux !

ALIX

La Reyne deuint pasle elle ferme les yeux,
Et s'est esuanouye à cét obiet funeste.
Au secours.

Ils re
uiēnent.

M. CECILE

Si pour moy quelque pitié vous reste,
Helas ! deliurez-moy des maux que ie preuoy,
Et pour mourir en paix qu'on m'emporte chez moy.
Où ie me garantis de ses iustes reproches,
Par cette douce mort dont ie sens les approches.

& em-
portent
Mada-
me Ce-
cile.

SCENE

SCENE DERNIERE.

ELIZABETH, ALIX.

ELIZABETH.

Qvel secours importun a troublé mon sommeil?
Et me redonne encor la clarté d'vn Soleil;
Qui n'esclairant pour moy qu'à des objets funebres,
Laisse mes iours couuerts d'eternelles tenebres.
Ne dois-je ouurir mes yeux complices de mon mal,
Que pour les arrester sur ce gage fatal?
Dont le funeste objet va bourreler ma vie,
De remords & d'horreurs iustement poursuiuie?
Toy, de qui i'ay receu ce sacré souuenir?
Toy que ma passion se dispose à punir?
Toy. Mais qui la desrobe à ma iuste colere;
Doncques pas vn des miens ne craint de me desplaire,
Et leur zele indiscret la soustraitte à mes yeux:
Mais descens aux enfers, ou monte dans les Cieux,
Ou porte dans le creux des plus profonds abismes,
Ton repentir tardif & l'horreur de tes crimes;
Rien ne te peut rauir à mon ressentiment,
Ie veux que mon courroux dure eternellement;
Et si ta prompte mort t'enleue à cette terre,
Ie veux dans le tombeau te declarer la guerre,
Et poursuiure aux enfers ton esprit desloyal;
Ie veux qu'à tous les tiens, ton crime soit fatal,
Qu'il soit l'embrasement de ta famille entiere,
Que de toute ta race il fasse vn cimetiere;
Que l'innocent perisse auec le criminel,
Et que le souuenir en demeure eternel.

Va

Va monstre, va perfide & detestable femme,
C'est par toy que ie perds la moitié de mon ame,
C'est par toy seulement qu'vn rapport inhumain,
Contre ma propre vie, arme ma propre main.
Et par toy me rendant à moy-mesme cruelle,
Ie suis teinte d'vn sang genereux & fidelle.
Ce beau sang qu'autrefois le Comte respandit,
Pour nous & pour l'Estat que sa main deffendit :
Ce sang qui mille fois signala sa vaillance,
Ma credule rigueur l'immole à ta vengeance :
Il estoit innocent, & tu l'as condamné,
Il estoit repentant, tu l'as fait obstiné,
Il imploroit ma grace, & ta noire malice,
Au lieu de le sauuer la conduit au supplice.
Reuiens donc inhumaine acheuer ton dessein ;
Vien cruelle arracher ces restes de mon sein ;
Vien oster de mon cœur cette image funeste,
Et ce beau souuenir dont le pourtraict me reste.

A L I X.

Iuste Ciel ! appaisez ces mortelles douleurs.

E L I Z A B E T H.

Ah ! c'est ainsi que i'ayme, & ce sont mes faueurs,
Telles sont mes amours, telles mes recompenses.

A L I X.

Souuenez-vous Madame.

E L I Z A B E T H.

                    Ah ! cesse tu m'offense.
Comte tu n'es donc plus, & celle qui t'ayme,

Celle

Celle de qui le cœur pour toy seul s'alluma,
A de tes plus beaux iours la lumiere rauie,
Et coupé le filet d'une si chere vie:
Ouy ie t'ay fait mourir, & par vn mesme sort,
I'ay perdu deux esprits dans vne seule mort.
Ouy ie t'ay fait mourir, mais s'il te reste encore
Quelque ressouuenir d'vne ame qui t'adore,
Et si de son bonheur ton esprit detaché,
Conserue dans le Ciel l'horreur de mon peché;
Iette, iette les yeux sur cette repentante,
Et ne luy deffend point de se dire innocente:
Ouy ie suis innocente, & i'ay voulu sauuer
Celuy dont le salut me deuoit conseruer.
Ton sort estoit le mien, ta mort estoit la mienne,
Et i'attaquois ma vie en attaquant la tienne.
Ie te voulois sauuer, tu ne l'as point voulu;
Ah! ie deuois forcer d'vn pouuoir absolu
Ton esprit obstiné, t'absoudre de tes crimes,
Oublier ma naissance, oublier mes maximes,
Oublier ma couronne & ce pays ingrat,
Et pour te conseruer, me perdre auec l'Estat.
Ne me permets donc plus de me dire innocente,
Seule ie t'ay tué, ie suis encor sanglante:
Mais si les sentimens d'vne longue amitié
Te vouloient, cher esprit, esmouuoir à pitié;
Repousse auec horreur leur priere indiscrette,
Dis que ton ame enfin veut estre satisfaite.
Que ton sang fume encor & veut estre vangé;
Si par là ton esprit peut estre soulagé,
Tu le seras cher Comte, & ie suis toute preste
A payer de mon cœur la perte de ta teste;
M'acquitter par ma mort de ce que ie te doy,
Et t'ayant fait mourir, mourir auecque toy.

Importune

Importunes grandeurs, fastes, pourpre esclatante,
Dont la pompe autresfois me rendit insolente ;
Vous que i'ay tant cheris, vous pour qui mille fois
I'ay violé le droict & l'honneur & les loix,
Vous à qui i'ay donné sans raison & sans haine
Le sang qui crie encor d'vne innocente Reine ;
Dans mon coupable esprit vous n'auez plus de lieu ;
Ie vous dis, ie vous dis vn eternel Adieu.
Cherchez, vaines grandeurs, cherchez vn autre esclaue,
Ie me mets dans le port, vous mesprise, vous braue,
Et cherche auprés du Comte vn repos eternel,
Si l'on y peut souffrir vn esprit criminel.
O Dieu ! ie n'en puis plus, & ma vigueur me laisse,
Approche chere Alix, assiste ma foiblesse.
Ie perds le sentiment, & mon cœur s'affoiblit,
Pour la derniere fois meine-moy sur mon lit.

F I N.